Pfärrle
Stephingerbg.
Stephansg.
Müllerstraße
Kanalstraße
Dr.-Port-Straße
straße
Bleichstraße
Bert-Brecht-Straße
Karmelitengasse
Unterer Graben
Pulverg.
Riedlerstr.
Gänsbühl
Vesaliusstr.
Henisiusstraße
Lauter-
lech
Untere Jakobermauer
Oblatterwallstraße
Lechhauser Str.
Paracelsius straße
Rauwolffstr.
Occostr.
V. Kretzeng.
Joh.-Haag-Str.
L.-Braille-Str.
Jakobertor-Platz
Straße
gerstr.
Obstmarkt
Karolinenstraße
Schmiedbg.
Leonhardsberg
Mittlerer Graben
Lang. Sächsengäß.
Pilgerhausstraße
Jakoberstraße
rlstraße
Steingasse
A. Perlachbg.
Barfüßerstr.
Bergmühl
Argonstraße
Jakobsplatz
Rathaus-Platz
Oberer Graben
Stadtgraben
Phil.-Welser-Str.
Fischer-Str.
Jakoberwallstraße
Zobelstr.
Oglinstr.
Vogelmauer
Werner-Haas-Str.
Zeugplatz
Winterg.
Dominikanerg.
Maximilianstraße
Hallstraße
Am Schwall
Predigerberg
Forsterstraße
Schwibbogenmauer
Bäckergasse
Provinostraße
Th.-Wiedemann-Str.
Gärtnerstraße
Prinzstraße
Sanderstr.
Konrad-Adenauer-Allee
Gasse
Milchberg
Margaretenstr.
Kitzenmarkt
Kappelberg
Kirchgasse
Spitalgasse
Eserwallstraße
Roter Torwall
Frdr.-List-Str.
Wolframstraße
Rote
Str.
Friedb
N
2
3
4
7
8
9
10
11
12
13
15
16
17
18

Sagenhaftes Augsburg

Geschichten einer Stadt

Vorsatz vorne: Stadtplan Augsburg, AZ-Grafik Fittigauer
Vorsatz hinten: alte Stadtansicht, Sebastian Münster, aus »Cosmographie«, Basel um 1550

Bibliografische Information der Deutschen Nationalbibliothek

Die Deutsche Nationalbibliothek verzeichnet diese Publikation in der Deutschen Nationalbibliografie; detaillierte bibliografische Daten sind im Internet über http://dnb.d-nb.de abrufbar.

www.wissner.com
ISBN 978-3-89639-498-9
4., ergänzte Auflage

Umschlaggestaltung: Marc Grethen, Bernd Wißner
Illustrationen: Jörg Stuttmann
Kalligrafie auf Seite 161: Johanna Stuke
Druck: CPI books GmbH, Ulm

Peter Dempf

Sagenhaftes Augsburg

Geschichten einer Stadt

Wißner

Inhalt

Vorwort

Meine Großmutter konnte wunderbar erzählen. Als Kind saß ich mit meinem Bruder zu ihren Füßen, in die Decke gehüllt, die sie sich um die Beine geschlungen hatte, und lauschte ihren Geschichten aus dem Krieg, ihren Märchen und ihren Sagen. Auch die Augsburger Stadtsagen waren darunter und jene aus ihrer Heimat in der Nähe von Schiltberg.
Erst in späteren Jahren, als ich selbst nachforschte und mir die Augsburger Sagenwelt erlas, bemerkte ich, dass meine Großmutter geschwindelt hatte. Sie hatte mir ihre Version der Stadtsagen erzählt, hatte Dinge hinzugesetzt oder weggelassen, hatte hier beschönigt und dort der historischen Überlieferung den Laufpass zugunsten einer spannenden Geschichte gegeben. Und während ich als Student traurig darüber war, weil ich alle Details nachlesen, mir die wirklichen Sagen noch einmal erschließen musste, bin ich ihr heute dankbar. Denn ich kannte sie wenigstens, die Berichte vom »Dahinab«, vom »Stoinerna Ma« und den Drei Mohren oder dem fliegenden Schuster Salomon Idler, während meine Mitstudenten keine Ahnung hatten von diesem Schatz.
Und noch bedauerlicher finde ich es, dass die Augsburger heute ihre Sagen nicht mehr kennen, die Schüler nicht, die durch die Stadt laufen, und die Erwachsenen nicht, die historische Stätten Augsburgs besuchen oder sie Freunden zeigen.
Und da ich diese Stadt mehr liebe als manche, die im Licht der Öffentlichkeit stehen, habe ich in diesem Buch etwas von der Erzählfreude meiner Großmutter wiedergegeben. Wie sie habe ich manches erfunden, wenn ich es als Historiker für vertretbar oder als Erzähler für nötig hielt. Und herausgekommen ist eine Stadtbegehung ganz anderer Art.

Ich möchte dieses Buch allen jenen an die Hand geben, die mehr über Orte und Menschen dieser bemerkenswerten Stadt wissen wollen. Sie sollen es nicht durch eine von Daten und Fakten angereicherte Weise vermittelt bekommen, sondern in Form von Sagen und Histörchen. Und dort, wo die Geschichten eine nachgewiesene historische Grundlage besaßen, habe ich Erläuterungen angefügt.

Und jetzt möchte ich Sie einladen zu einem etwas anderen Spaziergang durch das sagenumwobene Augsburg.

Bei den sieben Kindeln

Sie sitzt schon wieder draußen und starrt ins Wasser, Julia! Wenn sie wenigstens weinen könnte, würde sich alles lösen.«

Gaius Maxentius schob sich die Toga über dem Arm zurecht, während die Sklavin Julia die silberne Fibel an der Schulter befestigte.

»Dass sie es nicht verwindet, Julia?«

Der Mann trat ans Fenster und sah nach draußen. Über seinem Haus erhoben sich die marmornen Kulissen der Augusta vindelicum, mächtig und stark. Vor seinem Haus rauschte eine der Lechabzweigungen durch das Grundstück und eben dort, wo die Äste einer Weide mit dem Wasser spielten, saß Domitia und starrte ins Wasser. Um sie her lärmten ihre sechs Kinder, warfen Steine ins Wasser, fingen und schubsten sich und waren fröhlich.

»Es war gar zu schlimm, dass ausgerechnet das Kleinste ins Wasser gefallen ist und vom wilden Lech mitgerissen wurde, Herr. Man hat nicht einmal den kleinen Körper gefunden.«

Die Sklavin Julia wischte sich eine Träne aus den Augen.

»Ja, Julia«, seufzte der Hausherr. »Aber seither ist ein Jahr vergangen! Und die Gedanken deiner Herrin haben sich mit jedem Tag mehr verdüstert. Die anderen Kinder brauchen sie, wie ich sie brauche.«

Gaius Maxentius nahm Pläne vom Tisch und wandte sich zum Gehen.

»Ich muss hinauf zur Stadt, Julia. Achte auf Domitia und die Kinder!«

Julia nickte und sah wieder zum Fenster hinaus. Gaius Maxentius' Augen folgten ihr hinüber zu Domitia. Seit Monaten hockte sie immer an derselben Stelle auf ihren Fersen und starrte ins Wasser. Ihre Fußabdrücke sah man bereits am Boden. Dort wuchs kein Gras mehr.

Gaius Maxentius riss sich von dem Anblick los, der ihm das Atmen schwer machte. Als er zur Tür hinausging, rollte eben ein Wagen vorüber, der einen schweren Steinblock geladen hatte. Es war der Bildstein für ein Grabmal, das am Friedhof entlang der Straße aufgestellt werden sollte. Ein Relief war darin eingemeißelt, das einen Soldaten auf dem Pferd zeigte. Eine ältere Frau begleitete das Fuhrwerk.

»Ist er für Euren Gemahl bestimmt?«, fragte Gaius Maxentius die Frau, als sie an ihm vorüberschritt.

»Ja, Herr. War er nicht ein schöner Mann? Und jetzt bleibt er bei mir alle Tage!«, sagte sie glücklich zu ihm und deutete auf das Reliefbildnis.

Gaius Maxentius folgte dem Blick der Witwe und plötzlich wusste er, wie er Domitia helfen konnte. Wenn man mit einem solchen Bildnis der Toten gedenken konnte, vielleicht konnte man dann auch der Lebenden gedenken.

Er lief dem Bildhauer nach, der dem Zug voranschritt, und erteilte diesem einen ungewöhnlichen Auftrag.

Drei Wochen später kamen Gaius Maxentius und seine Frau Domitia von einem Opfer im Tempel der Vestalinnen zurück. Die Kinder sprangen sofort in den Garten zum Spielen. Domitia löste sich aus seiner Umarmung und ging ebenfalls hinaus zum Lechkanal.

Als sie aber an die Stelle kam, an der sie üblicherweise saß und ins Wasser blickte, sah sie ihre Kinder einen behauenen Stein umringen. Domitia trat näher und erkannte auf einem Sockel ein Steinrelief. Sechs Kinder waren darauf eingemeißelt, die fröhlich miteinander spielten.

»Das sind wir, Mutter«, sagte das Jüngste, und seine älteren Geschwister stimmten zu und bald tanzten die sechs Kinder ebenso ausgelassen um den Stein wie die Kinder auf dem Relief.

Domitia aber stand lange stumm und betrachtete das Relief. Dann trat sie einen Schritt näher und fuhr mit der Hand die Figuren entlang.

»Es sind deine Kinder«, sprach Gaius Maxentius sie plötzlich an. Er war ihr in den Garten gefolgt, hatte ihr aber Zeit gelassen, den Stein zu finden und zu betrachten.
»Aber warum hast du nicht alle sieben einmeißeln lassen, Mann?«, fragte sie still.
»Ich weiß, dass du dein totes Kind im Gedächtnis behältst wie wir alle. Dafür braucht es keinen Stein. Damit aber die Lebenden nicht vergessen werden, habe ich das Bildnis in Auftrag gegeben.«
Da drehte sich Domitia um und weinte das erste Mal, seit ihr Kind im reißenden Wasser verschwunden war.
»Ich werde keines meiner Kinder vergessen!«, flüsterte sie und Gaius Maxentius lächelte. Er dankte heimlich der Witwe, die ihren Soldaten so geliebt hatte.

Erläuterung
Am »unteren Graben«, dort wo die Stadtbäche die Ummauerung durchstoßen, ist in die Ostwand eines Hauses eine Steinplatte eingelassen. Im Volksmund heißt sie »Die sieben Kindeln« und die Gegend selbst wird »Bei den sieben Kindeln« genannt. Sie zeigt als Relief sechs spielende Kinder. Erst die Wissenschaft erkannte das Relief als Außenplatte eines römischen Erotensarkophags und dachte sich das siebte Kind als im Sarg liegend. Der Volksmund aber schuf sich eine andere Lösung.

Afra

Afra blinzelte in das grelle Licht, als man sie aus dem Kerker in die Helligkeit zerrte.

»Betest du ihn jetzt an, deinen Kaiser und Gott?«, rief ihr einer der Soldaten zu.

Afra stolperte über die Ketten, die ihre Beine zusammenhielten und zu kleinen Schritten zwangen. Sie stürzte auf die Knie und fing sich mit den Armen ab. Langsam aber bestimmt schüttelte sie den Kopf.

Eine Menschenmenge hatte sich um das Gefängnis versammelt. Doch statt zu schreien und zu johlen, wie sie es sonst taten, herrschte tiefes Schweigen. Unsicher hoben die Soldaten ihre Lanzen, unsicher blickten sie in die verschlossenen Gesichter der Umstehenden.

Afra kniete im Staub, die Augen immer noch geschlossen. Das Licht schmerzte. Ein Lanzenschaft stieß ihr in die Seite und trieb sie auf.

Als sie sich erhob, mühsam das Gleichgewicht zu halten versuchte, musste sie trotzdem lächeln. Das Kind in ihrem Leib bewegte sich.

Eine harte Hand riss an ihren Ketten, so dass sie weiterstolperte.

»Auf den Wagen! Los!«, bellte der Soldat und half mit der Spitze seiner Lanze nach. Der Stich fuhr Afra in die Seite und ließ sie abermals in die Knie gehen.

»Seht!«, rief der Soldat in die Menge. »Sie betet zumindest den Karren an, der sie zum Scheiterhaufen bringt.«

Doch Afra hörte, wie die Menge murrte. Es klang bedrohlich und rau.

Afras Bein war nach dem Schlag wie betäubt. Sie konnte sich nicht erheben. Endlich griffen die Hände der Schergen unter ihre Arme und warfen sie regelrecht auf den Karren. Mit häufig geübten Bewegungen schlang einer der Soldaten ein Seil um ihre Handfessel, warf es über

das Gatter des Wagens und zog Afra daran in die Höhe, so dass sie mit halb erhobenen Armen aufrecht kniete. Dann schlug er das Gatter hinter ihr zu, der Karren ruckte an und zwängte sich durch die mürrische Menge und in die Gassen der Stadt.
Afras Augen gewöhnten sich langsam an die Helligkeit. Aus dem Weiß des ersten Augenblicks schälten sich Köpfe und Gesichter. Obwohl das Licht sie beinahe betäubte, suchte sie doch unruhig, spähte in der Menge nach dem einen Kopf, dem einen Gesicht, das ihr wichtiger war als alles.
Sie erinnerte sich dumpf an die Straße, durch die sie zum Stadttor zogen, erinnerte sich an die Marmorplatten, an die verräucherten Mauern der Häuser, an die lichtlosen Hauseingänge und an den einen, der bei ihr Einlass begehrt hatte und später wie ein Licht mit ihr durch diese Straßen gewandert war.
Die Räder schlugen auf dem harten Boden und die Panzerhemden der Soldaten vernahm sie als dumpfes Krachen. Aber Afra dachte an Narcissus, den jungen Mann, der offenbar unerfahren in den Dingen, die sie als Venusdienerin betrieb, an ihrer Tür geklopft hatte. Sie hatte bei seinem Anblick lächeln müssen. Er hatte sich schüchtern vorgestellt und war ihr mit seiner unbeholfenen Art vorgekommen, als würde er aus einer anderen Welt hereinschneien. Sie hatte ihn hereingebeten und bewirtet. Und dann war er doch langsam aufgetaut und langsam zugänglich geworden und langsam forscher in seinen Wünschen.
Das Kind in ihrem Bauch bewegte sich wieder, als wolle es sie daran erinnern, dass es das Kind des Narcissus war, das sie in sich trug.
Afra wusste, dass die Menge jetzt dem Karren zu folgen begann, dass sie stumm hinter ihr her trottete. Oft genug hatte sie solchen Hinrichtungen zugesehen.
Die bekannten Örtlichkeiten gaben ihr Kraft. Sie saugte Hoffnung aus den Erinnerungen. Hinter der Tür vor ihr

hatte Narcissus sie erstmals geküsst, in jener Gasse hatte er sie umschlungen, zwischen den Tonnen am Wegrand hatte er sanft ihre Brust gestreichelt, dort hinten, im Fleischergeschäft, hatte sie die ersten Bewegungen ihres Kindes wahrgenommen.

Ihre Blicke, die sie zwischen den Stangen hindurchwarf, suchten. Sie suchten noch immer nach dem einen Gesicht, dem einen Mann, dem einen Menschen: Narcissus.

Er war ihr ein Rätsel geblieben, der junge Narcissus, der so sehr Gefallen an ihr gefunden hatte. Wild und begehrlich am Abend, wenn er sich bei ihr sehen ließ. Und wenn sie dann nebeneinander lagen, erzählte er von seinem Gott, und sie wusste nicht, wen er mehr liebte, sie oder ihn.

Aber Narcissus war zärtlich und überzeugte sie schließlich. Sein Gott der Liebe hatte mit ihrer Göttin Venus vieles gemeinsam, nur dass er wenig von Frauen zu halten schien. Immer wenn sie davon sprach, lächelte Narcissus nur und schüttelte den Kopf.

»Vor ihm sind alle Menschen gleich!«, sagte er dann und streichelte sie.

Je mehr er ihr von ihm erzählte, desto neugieriger wurde Afra und schließlich nahm er sie auf ihr Drängen hin mit in eine der Versammlungen, die er das »Hören des Wortes Gottes« nannte. Aber während er sie liebkoste, wenn sie beide allein waren, sah er sie in diesen Versammlungen kaum an. Wie verändert erschien er ihr, unerreichbar. Die Menschen hingen an seinen Lippen, sie pflückten ihm die Worte beinahe vom Mund, wenn er von Gerechtigkeit redete, von der Liebe im Herzen, von der Glut des Glaubens – nur von der Kälte ihr gegenüber schwieg er.

Und als sie ihm eröffnete, dass sie ein Kind von ihm erwartete, leugnete er seine Vaterschaft. Sie könne das doch nicht wissen, da sie als Venusdienerin mit vielen Männern verkehre.

Es war ihr wie ein Stoß mit einem Dolch durch die Brust gefahren.

Als der Karren über die hölzerne Brücke am Lech holperte, erkannte sie ihn am Brückenende. Narcissus hielt die Hände gefaltet und den Blick in den Himmel gerichtet. Seine Lippen bewegten sich. Afra versuchte aufzustehen, aber das Rütteln des Karrens machten es unmöglich.
»Narcissus!«, schrie sie. »Narcissus! Hilf mir!«
Sie wusste, hätte Narcissus auch nur die Hand gehoben, hätte die Menge, die dem Wagen folgte, die Hand voll Soldaten über die Brüstung gestürzt und sie befreit. Stattdessen sprang Narcissus davon und verbarg sich im Dickicht neben dem Weg.
»Narcissus! Was hab ich dir getan?«, flüsterte Afra, als sie sah, dass er sie verriet.
Und als ein Soldat, von ihrem Ruf aufgeschreckt, Narcissus nachging, hastete er überstürzt ins Unterholz der Lechauen.
Noch in Sichtweite der Stadt war auf dem Lechfeld der Reisighaufen um einen hölzernen Pfahl aufgeschichtet. Dorthin zogen die Ochsen den Karren. Die Soldaten holten Afra aus ihrem Käfig und banden sie an den Pfahl, so dass man von ihr selbst nur noch das Gesicht sehen konnte.
Die Fackel brannte, die in den Haufen gestoßen werden sollte, als im Galopp ein Reiter angeprescht kam, angetan mit einer Paraderüstung in Gold und einer Maske. Mehrmals umrundete er Haufen und Pfahl. Dann hob er das Helmvisier.
»Ich werde dich brennen lassen, Dienerin der Venus, wenn du diesem Christengott nicht fluchst!«
»Prätor Gajus«, lächelte Afra den Stadtkommandanten an, weil sie in ihrem Inneren das Kind strampeln fühlte, »Ihr könnt den Leib verbrennen, aber nicht meine Seele. Das Feuer wird mich reinigen. Ihr tut mir und meinem neuen Gott nur einen Dienst.«
Und doch blieb ein Zweifel. Afra wusste nicht, wer sie verraten hatte, wer dem römischen Prätor Gajus erzählt hatte, dass sie Christin wäre.

Afra schloss die Augen und spürte dem Boxen nach, das in ihrem Bauch immer heftiger wurde, als wolle das Kleine sich daraus befreien. Als sie die Augen wieder öffnete, war der Prätor verschwunden und ihr Blick fiel durch die ersten weißen Rauchfäden auf die Gestalt des Narcissus, der in einiger Entfernung auf dem Boden kniete und die Hände gefaltet hielt.

Afra sah empor zum Himmel. Das Kind in ihrem Bauch strampelte wieder. Die Flammen fuhren schnell auf und sengten ihr bereits die Haut. Mit einem einzigen Schrei schrie sie in das Grau des Himmels, so dass die Soldaten sich zu ihr umwandten und die Menschen in der Menge ihre Köpfe senkten:

»Mein Gott. Warum hast du mich verlassen?«

Erläuterung

Afra war vermutlich eine öffentliche Dirne in Augsburg zum Ende des römischen Kaiserreiches. Bischof Narcissus, heißt es in der Legende, hätte eines Abends bei ihr um Quartier gebeten und sie und ihre Mutter bekehrt. Afra wurde zur Zeit der Christenverfolgung 304 n. Chr. ergriffen und verbrannt. Durch ihren Feuertod auf einer Lechinsel bezeugte sie ihren Glauben an Christus. Ihre Verehrung als Märtyrerin begann gut 300 Jahre später um das Jahr 600. Beide, Afra und Narcissus, wurden von der katholischen Kirche heilig gesprochen.

Der Hexenritt

Die Babette wusste, die Stimmen, die näher kamen, und die klirrenden Schlüssel, die ins Kerkerschloss gestoßen wurden, bedeuteten den Tod. Wie lange sie im Verlies des Barfüßerturms gesessen hatte, wusste sie nicht zu sagen. Die Dunkelheit und das stete Tropfen von den Wänden hatten ihr das Gefühl für die Zeit genommen. Nur an den Mahlzeiten konnte sie noch feststellen, welche Tageszeit herrschte. Die Tage selbst hatte sie verloren.

Aus dem Schritt und aus den gedämpften Stimmen hörte sie deshalb heraus, dass es diesmal nicht das Frühstück war, das gebracht wurde. Heute kam der Tod höchstpersönlich.

Ihre Kerkertür wurde aufgestoßen, und zwei Stadtknechte bückten sich unter dem niederen Schlupf hindurch, Fackeln in der Faust. Hinter ihnen betrat ein dritter Mann den Kerkerraum. Geblendet vom Licht, schrie die Babette auf. Brennender Schmerz stach ihr in die Augen.

»Lasst mich mit den Fackeln in Ruhe!«, fuhr sie die Stadtknechte an und schützte die empfindlichen Augen mit ihrem Unterarm.

»Habt Ihr noch einen letzten Wunsch, Babette?«

Diese Stimme kannte die Babette nur allzu gut. Es war die des Domkaplans, er also war der dritte Mann.

»Nichts, was Ihr mir erfüllen könntet«, meinte sie. »Und das mit dem Beten schlagt Euch aus dem Kopf. Es hat bislang auch nicht geholfen.«

Plötzlich war es still. Nur das Knistern und Rauschen der Fackeln wurde von den Wänden zurückgeworfen.

»Ihr versündigt Euch!«, brach der Domkaplan endlich die Stille. Babette hörte seiner Stimme an, dass er sich beherrschen musste.

»Wir werden sehen, wer zuerst in den Himmel kommt, Kaplan«, flüsterte sie. »Und sollte es in die Hölle gehen, hole ich Euch an der Pforte ab!«
»Ihr seid verstockt, Babette. Nun, dann geht ohne Gottes Segen Euren letzten Gang.«
Die Stadtknechte hoben die Babette auf und stellten sie auf die Beine. Einer von ihnen schloss ihre Ketten von der Mauer. Dann wurde sie vor ihnen her durch die Gänge getrieben, noch immer an Armen und Beinen gefesselt.
Die Babette stöhnte. Seit Monaten war sie nicht mehr gelaufen, hatte nur am Mauerstein gehangen. Jetzt schmerzte jeder Schritt.
Das Licht traf sie wie ein Peitschenhieb. Vor dem Turm schien die Welt weiß wie Schnee, ohne Kontur. Sie sah nichts, hörte nur ein Jammern und Klagen.
»Was ist das für ein Geschrei, Vater?«, fragte die Babette.
»Was kümmert's Euch?«
»Um die Welt, Kaplan, hab ich mich immer schon gekümmert, im Gegensatz zu Euch. Ihr habt nur das Jenseits im Kopf.«
Der Geistliche seufzte. Die Babette lächelte, weil sie fühlte, dass der Kaplan sich mit ihr nicht einlassen wollte. Schon deshalb entschloss er sich wohl, ihr die Wahrheit zu erzählen.
»Vor den Toren lagert Attila mit seinem Hunnenheer und versucht Augsburg auszuhungern. Seit acht Tagen kommt kein Sack Korn mehr in die Stadt. Niemand weiß, wie alles noch enden wird. Und eine Hexe wie Ihr es seid, wird auch keinen Rat wissen.«
Die Babette horchte auf. Sie mochte körperlich geschwächt sein, aber ihr Verstand war wendig geblieben. Was hatte der Pfaffe gesagt? Eine Hexe wie sie wüsste keinen Rat?
»Und wenn es anders wäre, Kaplan?«
»Schweigt!«, fuhr dieser sie an, und die Stadtknechte stießen sie auf die Straße hinaus.
Die Babette hustete ein Lachen, und obwohl sie nichts

sah, fühlte sie doch, dass sich vor dem Turm eine Menschenmenge versammelt hatte, die ihren Tod begaffen wollte. Aber sie würde sich teuer verkaufen, teurer, als der Pfaffe es ahnte.
»Ich!«, schrie sie plötzlich. »Ich kann Attila vertreiben! Ich weiß, wovor er sich ängstigt! Die Pfaffen wollen die Stadt dem Hunnen ausliefern. Deshalb verbrennen sie mich. Ich werde den Hunnenkönig ...«
Weiter kam sie nicht. Der Kaplan schlug mit dem Kreuz zu, das er in der Hand hielt.
»Sei ruhig, Weib!«, fauchte er.
Die Babette strauchelte und stürzte in den Staub der Gasse. Ihr Hinterkopf brannte, und über ihren Rücken rieselte warmes Blut. Aber sie hörte auch, dass ihre Worte auf fruchtbaren Boden gefallen waren. Die Menge begann zu flüstern. Wie das Wehen des Windes lief die Nachricht durch die Menschenansammlung, wurde von Ohr zu Ohr weitergetragen, bis es wie ein Brausen zurückkam.
»Lasst die Hexe! Lasst die Babette! Sie soll helfen!«
Die Babette, lichtblind, sah das Gesicht des Kaplans nicht vor roten Flecken. Sie ahnte aber, dass es vor Wut zerstört war, dass es sich verzerrte. Sie hörte es an der Stimme, die beruhigend zu wirken versuchte, aber gegen sich selbst kämpfte.
Plötzlich dröhnte der Bass eines Mannes durch das Geraune der Menge, und sofort verstummten alle.
Die Babette versuchte, ihre Augen einen Schlitz weit zu öffnen. Sie erkannte, dass sich in der Menge vor ihr eine Gasse öffnete und ein Mann hindurchschritt. Der Stadtvogt.
»Wie wollt Ihr helfen können, Babette? Und wie sollen wir Euch glauben?«
Die Babette, noch immer am Boden, kicherte leise vor sich hin. Jetzt zappelte der Fisch am Haken.
»Ihr müsst mir glauben oder es lassen. Tot bin ich ohnehin.«

»Nun gut. Bevor der Pfaffe Euch auf den Scheiterhaufen geleitet, was benötigt Ihr?«
Babette genoss die Wendung der Dinge, wie sie die Sonne genoss, die auf ihren Leib schien. Langsam kam das Sehen wieder. Die roten Flecke vor den Augen wandelten sich in Häuser, Menschen, Karren, den Holzstoß auf dem Platz vor dem Tor und den Karren, mit dem Holz und Stroh offenbar herangeschafft worden waren. Ihn zog ein schwarzer Kaltbluthengst.
»Einen Rappen, schwarz wie die Nacht!«, flüsterte sie. »Teufelsschwarz! Und ich werde durch das Tor hinausfliegen und den Hunnen das Fürchten lehren. Meine einzige Bedingung: ich bin frei!«
Der Vogt musterte sie misstrauisch.
»Glaubt Ihr nicht, sie belügt Euch. Niemand kann den ...«
Wieder wischte der Vogt mit einer Handbewegung die Bedenken des Kaplans beiseite. Mit der Hand fuhr er sich durch den Bart. Dann wandte er sich an die Babette.
»Nicht mehr?«
»Nicht mehr! Die Seele des Pfaffen hole ich mir später«, kicherte sie.
Der Vogt schnippte mit den Fingern.
»Tut, was sie gesagt hat. Bringt den Rappen!«
Mühsam rappelte sich die Babette hoch und streckte dem Vogt, dessen dunklen Bart sie langsam erkennen konnte, ihre gefesselten Hände hin.
»Sperrt sie frei!«, befahl dieser, obwohl der Domkaplan heftig protestierte.
Die Miene des Vogts ließ ihn verstummen. Das Pferd wurde gebracht und vor die Babette gestellt. Diese überlegte nicht lange. Mit einer einzigen Bewegung entledigte sie sich ihres Gewands und stand nackt vor den Menschen. Der Vogt wandte sich ab von dem Körper, der mit Schwären und Runzeln überzogen war.
»Helft mir hinauf«, flüsterte die Babette, und nach kurzem Zögern hoben sie zwei kräftige Hände auf den Pferderücken. Von hier oben konnte sie jetzt die Schemen

der Gasse und des Tores erkennen. Sie klammerte sich an die Mähne des Rappen.
»Öffnet das Tor!«, schrie sie plötzlich und gab dem Pferd die Fersen. Das Tier zuckte kurz, dann bäumte es sich leicht auf und schoss vorwärts. »Attila, fürchte dich vor mir!«
Die Babette jagte im schweren Galopp des Kaltblüters auf das Tor zu, dessen einer Flügel sich zögernd öffnete. Mit heiserem Kreischen durchquerte sie das Portal und jagte hinaus auf die Auen vor der Stadt. Sie drehte hinter dem Graben den Rappen herum, drohte mit der Faust gegen die Stadt, dann preschte sie mit wildem Geschrei und einem hysterisch schrillen Lachen vorwärts und verschwand in den Lechauen.
»Sie hat Euch hinters Licht geführt, die Hexe«, flüsterte der Kaplan dem Vogt ins Ohr, der das Schauspiel verfolgte. »Nichts wird sie ausrichten!«
»Ihr seid zu voreilig, Kaplan«, meinte der Vogt nur und stieg vom Blutgerüst.
Die Babette ritt ohne anzuhalten weiter bis Landsberg und Füssen, über den Brenner nach Bozen und weiter und weiter. Die Hunnen aber zogen ab.

Erläuterung

Am Turm des Barfüßertors befand sich ein Gemälde, das eine stadtbekannte Hexe zeigte, wie sie nackt auf einem schwarzen Hengst durch die Luft ritt. Angeblich vertrieb sie mit ihrer satanischen Kunst die Belagerer der Stadt, die Hunnen unter Attila. Damit erkaufte sie sich ihr Leben, da sie vom Augsburger Vogt wegen ihres angeblichen Treibens eingekerkert worden war. 1836 wurde der Barfüßerturm abgebrochen und das Gemälde verschwand.

Der Fluch der Göttin

Ein schöner Auftrag, Birger. Ganz nach meinem Geschmack!«
Meister Haderlin klopfte den Sand grob von der Bronzegussform und hob die schwere Tafel breitbeinig, um sie zu einem Holzbock zu schleppen.
»Kerl, hierher! Soll ich die Arbeit alleine machen?«
Der Geselle sprang eilends herbei und fasste mit an. Gemeinsam trugen sie die Platte. Als die Platte lag, atmete er ein und lachte tief und schallend.
»Sechzig Felder für die vier neuen Torflügel des Mariendoms!« Meister Haderlins Augen glänzten. »Nimm, und schrubb den Sand ab, und dann bring mir die Platte zum Glänzen!«
Er wandte sich wieder seiner neuen Form zu, schüttete frischen Sand auf, feuchtete ihn an und drückte eine weitere vorgefertigte Wachsform hinein.
»Das alte Testament auf sechzig Feldern, Birger. Was sagst du dazu?«
Er holte die Wachsform wieder heraus, überprüfte den Abdruck auf Fehler und festigte dann mit einem Fackelbrand den Sand, damit dieser nicht in sich zusammenfiel.
Birger blieb stumm. Der Auftrag für die Bronzen der Portale war ihm unheimlich. Seit Meister Haderlin den Auftrag angenommen hatte, war er fröhlich, pfiff und sang und freute sich wie ein Kind. Birger wusste nur nicht, worauf.
Er schrubbte mit der Bürste die Form. Langsam schälte sich eine Szene heraus. Ein Mann in einer Art Tunika mit Gürtel blickte furchtsam über die Schulter hinweg auf eine Schlange. Als Birger sich die Szene genauer betrachtete, wurde ihm plötzlich heiß. Ungeheuerlich war, was er sah. Die Schlange, die sich dort vom Boden aufrichtete, um zuzubeißen ...

Ganz vertieft in seine Arbeit und Entdeckung, hatte er nicht bemerkt, dass sich Meister Haderlin genähert hatte und ihm über die Schulter blickte. Birger erschrak.
»Ist die Platte nicht gelungen? Sind wir nicht Künstler?« Wieder lachte Meister Haderlin überlaut.
»Ich denke schon«, fasste sich Birger, aber seine Stimme klang unsicher.
»Nicht so zögerlich, Birger. Wer etwas kann, sollte sein Licht nicht unter den Scheffel stellen. Und wer etwas zu sagen hat, soll den Mund aufmachen.«
»Ihr seid kühn, Meister! Das Relief ist ... ungewöhnlich. Es passt nicht ganz in das Programm, das uns der Kaplan gegeben hat.«
Meister Haderlin grinste. Dann wandte er sich ab und fegte mit einem weichen Pinsel Sandkörner aus der frischen Form.
»Sag, was du denkst, Junge, sonst wirst du krumm und bucklig. Dein Meister ist ein thumber Thor! Das denkst du doch. Er ist meschugge, verrückt, hat nicht alle auf der Pfanne.«
Birger nickte. Er kannte die gerade Art seines Meisters. Er wusste aber auch um das andere, das heimtückische Wesen, das nachtrug, einen ein Leben lang verfolgte.
»Ihr könnt doch nicht einfach die biblische Botschaft verändern, Meister Haderlin. Wenn das Domkapitel dahinterkommt, verliert Ihr Eure Arbeit, wenn Ihr nicht mit dem Leben dafür büßen müsst. Und wenn es Euch nicht um Euch und Eure Werkstatt ist, dann denkt vielleicht an mich!«
Meister Haderlin fuhr mit dem Zeigefinger an den Mund. Dann sah er sich verstohlen um, ob niemand lauschte, und brach plötzlich in ein wieherndes Lachen aus.
»Ihr versündigt Euch! Ihr werdet auf dem Scheiterhaufen landen!«, äffte Meister Haderlin seinen Gesellen nach. »Die Kirche wird Euch ins Fegefeuer stecken oder in die Hölle fahren lassen und mich hinterher.«
Haderlin machte eine Pause, in der er seine Arbeit unterbrach und langsam auf Birger zuging.

»Firlefanz. Die Pfaffen werden darin nichts anderes sehen als eine einfache biblische Szene aus dem Buch Exodus: Das ist Moses, nachdem Gott ihm befohlen hatte, seinen Stock zu Boden zu werfen. Der Herr verwandelte ihn in eine Schlange, und Moses floh sie.«
Meister Haderlin wischte die Bedenken des Gesellen mit einer Handbewegung beiseite. Birger nickte. Langsam schrubbte er mit seiner Kernbürste weiter. Der Sand rieselte bei jeder Bewegung aus den harten Borsten. Er dachte nach.
»Es kann aber nicht Moses sein. Nirgends steht, dass er auf die Schlange zurückgesehen hätte. Ich weiß es. Und dann fehlte Moses die Furcht, schließlich fasste er das Tier beim Schwanz, damit es wieder zu seinem Stab werde. Die Gestalt hier aber ist ängstlich, als würde sie sich erschrecken.«
Meister Haderlin nickte langsam. Birger konnte beobachten, wie die Augen Meister Haderlins einen dunklen Glanz bekamen. Er stand jetzt vor Birger und fuhr mit den Fingern über die noch raue Oberfläche des Reliefs.
»Erschrickt sie nicht, die katholische Kirche, wenn sie die Schlange erblickt?«
»Dann liege ich richtig? Ihr schmuggelt die Cisa in das heilige Programm.«
Birger sah, wie sich die Miene seines Meisters verfinsterte.
»Ist sie nicht seit jeher unsere Stadtgöttin? Hat sie nicht meiner Frau und vor ihr vielen anderen zur Fruchtbarkeit verholfen, während alle Bitten an die Jungfrau Maria und ein Dutzend anderer Heiliger wirkungslos blieben? Ist sie nicht älter als alle Religion, die aus Rom kommt? Wird sie nicht jedes Jahr entweiht, wenn ihr der Priester die Lanze durch ihren Kopf sticht und uns damit zeigt, wer Herr am Perlach geworden ist?«
»Das ist alles kein Grund, die Botschaft der Domtüren zu verändern. Verehrt Eure Cisa, Meister, wenn Ihr davon nicht ablassen könnt. Aber die Tafel ...«

Meister Haderlin schlug mit der flachen Hand auf einen der Holzböcke, so dass Sandstaub aufwirbelte.
»Soll doch das Gift der Cisa-Schlangen die Pfaffen bekehren! Es ist ihr Fluch!«
Birger verstummte. Er bewegte die Bürste schräg über die Platte und säuberte so die Vertiefungen vom sandigen Schmutz. Beide schwiegen und konzentrierten sich auf ihre Arbeit. Endlich musste Birger etwa sagen.
»Es ist eine Sünde, die Reliefplatten für die Domtore mit heidnischen Bildern zu schmücken!«
Meister Haderlin lächelte, aber Birger fühlte, dass es ein abwartendes, unheilvolles Lächeln war. Die ganze diebische Fröhlichkeit verschwand dahinter.
»Sollen die Frommen doch jeden Tag vor der Messe die Botschaften betrachten und den Gedanken daran mit in die Messe nehmen! Sie ahnen es alle – nur die Pfaffen laufen blind daran vorbei und glauben an das Buch Exodus.«
»Langsam werden sich die Gedanken der Kirchgänger an den Bildern vergiften.«
»Wenn du es so willst, Birger. Eines Tages werden sie ein Bild der Cisa, der Göttin der Augsburger, wieder auf einem der höchsten Türme aufpflanzen – und sie werden sich zu ihrem Heidentum bekennen.«
Birgers Kopf sank ihm zwischen die Schultern. Es war, als hätte er eben das Todesurteil seines Meisters vernommen. Mit kräftigen Strichen einer mit eingesetzten Lederstreifen versehenen Haarbürste polierte er die Bronze, bis er sich darin spiegeln konnte.

Erläuterung

Die Göttin Cisa war laut Sage die Hausgöttin der Vindeliker zwischen Lech und Wertach. Vermutlich befand sich beim Perlachturm eine Kultstätte, die im Zuge der Christianisierung zerstört wurde. Elias Holl setzte am 20. August 1615 auf den Turm des Perlach erstmals als Wetterfahne eine vergoldete

Bronzefigur der Cisa. Sie steht bis heute dort. Eine Darstellung des Sieges der Kirche über die heidnische Gottheit findet sich im »Turamichele«-Spiel, in dem der Erzengel Michael den Teufel mit einer Lanze sticht. Früher wurde dafür ein Gorgonenhaupt verwendet, das mit Schlangen besetzt war und die Cisa symbolisierte. Es steht noch immer im Römischen Museum in Augsburg. In manchen Bildfeldern der berühmten Augsburger Dom-Bronzetür aus dem frühen Mittelalter vermutet man Hinweise auf die Auslöschung des Cisa-Kultes durch die katholische Glaubenslehre.

Das Wappen der Augsburger Weberzunft

»Hierher! Die Ungarn weichen!«

Der Ruf Hannes', des alten Webermeisters, galt seinem Haufen, der mit ausgeschmiedeten Sicheln ausgerüstet, eine Reiterschar der Ungarn bedrängte. Sofort strömte eine knappe Hundertschaft seiner Handwerksgenossen herbei und stach mit ihren Waffen auf die schwarzhaarigen Männer auf ihren kleinen und wendigen Pferden ein, bis diese sich zurückzogen. Gut dreihundert Fuß weiter begannen sie sich wieder zu sammeln.

Es war die Idee des alten Webermeisters gewesen, die Schäfte der Sicheln so lang und kräftig zu machen, dass man sie gegen die anreitenden Ungarn rückwärts in die Erde stoßen konnte. So spießten sich die Reiter selbst auf.

Von der anderen Seite des Schlachtfeldes her drang ein Schrei, der den Webern die Glieder erzittern ließ. Bischof Ulrich fiel mit seinen Mannen in die Schlachtreihen der Ungarn ein, gerade rechtzeitig, um die Weber zu ersetzen, die sich mit dem alten Hannes der Schar näherten, die sich um eine Fahne in Rot und Gold scharten.

»Der Rote mit dem Bart!«, lief ein Raunen durch die Männer. »Der Rote mit dem Bart!«

Der alte Webermeister Hannes hatte inmitten des Schlachtgetümmels einen der ärgsten Feinde des Reiches ausgemacht, kenntlich durch das rot-goldene Tuch. Der Rote mit dem Bart war gefürchtet als Schlächter und Kämpfer und unerbittlicher Feind aller, die christlichen Glaubens waren.

Die Sichelspitze vorgestreckt, begann der alte Hannes zu laufen, und seine Weber, die ihm folgten, mussten ausschreiten, um den Anschluss nicht zu verpassen. Und während am einen Ende des Schlachtfeldes der Augsburger Bischof mit seinen Kämpfern die Schlachtreihen lichtete, erreichten die Weber am anderen die Schar des »Roten mit dem Bart«.

Die ungarischen Reiter formierten sich und begannen auf die Gruppe der Weber loszupreschen. Kurz vor den Sensenspitzen rissen sie ihre Pferde herum und schossen einen Hagel aus Pfeilen auf die Weber ab. Mancher sank tödlich getroffen in das Gras des Lechfeldes. Hannes durchschaute den Plan der Ungarn.

»Rennt, was ihr könnt, Männer«, rief er, »wenn sie anreiten, werft die Sicheln.«

Wie um sich selbst zu bestätigen, setzte er mit seiner Sichel zum Wurf an, als die Ungarn einen weiteren Angriff ritten. Statt sie in die Erde zu stecken, schleuderte er sie der Reiterschar entgegen, bevor diese Pfeil und Bogen einsetzen konnten. Er sah, wie die Schnittfläche der Sichel die Stange des Fahnenträgers durchschnitt, so dass das Wappen zu Boden stürzte und dann einem der Ungarn in die Kehle fuhr.

Sofort zügelten die Reiter ihre Pferde und drängten zurück. Kaum einer fand Zeit und Gelegenheit, seine Pfeile unter die Weber zu streuen.

Die Weber jubelten über den Erfolg von Hannes' Idee, aber der achtete kaum darauf. Unermüdlich schrie er:

»Sammelt die Waffen auf! Sammelt die Sicheln auf!«

Schon preschte eine weitere Reiterwelle heran. Auch diesmal wartete der alte Webermeister nicht lange. Sein Ziel hatte er sich schon beim ersten Mal ausgespäht: den Roten mit dem Bart. Deutlich war er an der Spitze seiner Männer zu sehen. Hannes, der alte Webermeister, duckte sich, griff nach einer der Sicheln und wartete, bis die Reiterschar nahe genug war. Er hatte nicht darauf geachtet, ob seine Weber hinter ihm standen, ob sie dem Angriff der Ungarn ebenso standhielten wie er selbst. Mit einem Schrei erhob er sich. Er konnte sehen, wie ihm der ungarische Fürst, den sie den Roten mit dem Bart nannten, den Kopf zuwandte, wie er ihn ansah, ungläubig und überrascht. In diesem Augenblick zuckte Hannes' Arm hoch und seine Sichel sauste durch die Luft. Sie traf im selben Augenblick, als ihm ein Pfeil durch die Brust fuhr und ihn niederriss. Er sah den Fürsten stürzen, hörte das Triumphgeschrei seiner Männer, fühlte am Beben der Erde, dass die Ungarn zurückwichen. So lag er und hörte das Getümmel der Schlacht wie durch einen Schleier, und es schien eine Ewigkeit zu dauern, bis ihn Hände aufnahmen, hochhoben und ihn forttrugen vom Schlachtfeld.

Hannes, der alte Webermeister, wurde im Triumphzug nach Augsburg zurückgebracht. Sie hoben den Schwerverletzten auf einen Schild und trugen ihn durch die Straßen der Stadt. Vor ihm her schwenkten sie die Fahne des Ungarnfürsten, aus je zwei über Kreuz liegenden roten und goldenen Feldern.

Der alte Webermeister Hannes wusste, dass seine Wunde nicht mehr heilen würde. Dafür hatte er zu lange in seinem eigenen Blut gelegen. Noch beim abendlichen Dankgottesdienst im Dom, bei dem Bischof Ulrich die Tat der Weber als entscheidende Wendung im Kampf gegen die Ungarn hervorhob, griff er nach der Hand des Meisters, der ihm zunächst auf den Schild gebettet lag.

»Nehmt das Siegeszeichen der Ungarn«, flüsterte er. »Nehmt es und erwählt es zum Wappen der Augsburger Weber!«

Dass der Augsburger Bischof Ulrich im selben Moment den Webern das rot-goldene Ungarnbanner zum Siegeszeichen verlieh, hörte der Weber-Hannes nicht mehr. Er schlief im Rund des neuen Domes für immer ein, in der Gewissheit darüber, dass die Ungarn besiegt worden waren.

Erläuterung

In der Lechfeldschlacht im Jahre 955 n. Chr. sollen sich die Augsburger Weber neben dem Bischof und den anderen Ständen der Stadt ganz besonders hervorgetan haben. Sie töteten einen der gefürchtetsten Ungarnfürsten und eroberten dessen Banner. Die Weber, obwohl sie in Augsburg wie überall zu den unehrenhaften Berufen gezählt wurden, die kein Wappen führen durften, erkoren es schließlich zu ihrem Wappen.

Das Vaterunser

Zorn verspürte Bruder Ansgard schon seit langem nicht mehr, nur das pochende Ziehen seiner Blasen an den Füßen und das matte Gefühl in den Beinen, wenn er wieder eine halbe Nacht durchwandert hatte. Alle Regungen, die er je in sich gefühlt hatte, versanken in einer dumpfen Gleichgültigkeit, die wie dichter Nebel seinen Kopf ausfüllte. Nicht einmal die Silhouette seiner Heimatstadt Augsburg vermochte ihn mehr zu einem begeisterten Ausruf hinzureißen.
Als er der Stadtmauer nach acht Wochen wieder ansichtig wurde, setzte er sich auf einen römischen Grabstein, der halb aus der Erde ragte, und betrachtete die mächtige, Sicherheit verströmende Kulisse, die trotz ihrer Pracht etwas Bescheidenes hatte.
Wäre er nicht in diesen Mauern geboren worden, besäße er nicht dort in einer kleinen Klause ein Zuhause und hätte er nicht allenthalben Freunde unter den Bürgern und unter seinen Mitbrüdern, wäre er vermutlich nicht mehr aus Rom in dieses Nebelland, von dem Augsburg der Nabel zu sein schien, zurückgekehrt.
Bruder Ansgards Blick schweifte die ziegelrote Mauer entlang und versuchte die Bedeutung der Dachspitzen zu erraten, die in den letzten Jahren entstanden waren. Er musste lachen, ein bitteres Lachen, das ihm aufstieß. Vor drei Jahren hatte seine Reise begonnen. Vor drei Jahren hatte er einem aufdringlichen Bettler die tägliche Suppe verweigert. Der hatte ihn beschimpft, weil er als Küchenmeister angeblich die Schale nicht voll genug gefüllt hatte. Was als Erziehung zur Demut gedacht war, entwickelte sich zur Tortur, für ihn, den Bruder Ansgard, Küchenmeister des Bischofs von Augsburg, Ulrich. Bischof Ulrich, sein Herr, hatte nämlich davon erfahren und ihn zu sich rufen lassen.

Bruder Ansgard stütze den Kopf in seine Hände. Dann sah er hoch. Die Sonne schien, die Luft verströmte einen kräftigen Duft nach Frühling und deshalb verscheuchte er die dunklen Gedanken, die ihn niederdrückten, wenn er sich an das Geschehen erinnerte.
»Wisst Ihr, Bruder Ansgard, welche Bürde Ihr mir durch Euren Geiz aufgeladen habt?«, waren die ersten Worte des Bischofs gewesen, als er den Empfangsraum im Palais betreten hatte. »Ein Bettler verzichtet auf sein Vaterunser, weil Ihr ihn nicht verköstigt habt. Vielleicht verflucht er mich sogar dafür.«
Bruder Ansgard stützte beide Hände auf die Schenkel und sah zur Stadt, von der herüber die beiden Türme des Domes blickten. So geschwätzig wie die Glocken der Türme, die einmal angestoßen, immerfort ihr klangreiches Plappern über der Stadt ausluden, war er damals auch gewesen.
Damals. Hätte er damals den Mund gehalten, statt sich zu verteidigen, wäre ihm vieles erspart geblieben. So hatte er eine unheilvolle Frage gestellt.
Wie viel sei schon an einem Vaterunser gelegen, hatte er damals gemurmelt und damit den Zorn des Bischofs herausgefordert.
»Geht nach Rom zum Stuhle Petri, Bruder Küchenmeister, und fragt nach, was ein Vaterunser wert sei, das nicht für mich gebetet wurde. Erst dann werde ich Euch wieder in Ehren aufnehmen!«
So hatte er sich aufgemacht nach Rom, in die heilige Stadt, zum Papst, der ihm nach langen Mühsalen und noch längerem Warten erklärte, dass ein Vaterunser einen goldenen Pfennig wert sei. Mit dieser Antwort war er nach Monaten der Abwesenheit endlich nach Augsburg zurückgekehrt, aber eben diese Antwort war dem Bischof Ulrich zu ungenau, und er ließ ihn abermals losziehen, um die Breite des Pfennigs in Erfahrung zu bringen. Die Breite, als wäre es von Bedeutung, wie breit ein Pfennig sei. Bruder Ansgard schielte hinüber zur

Stadt, die ihm damals noch greifbar erschienen war in ihrer Überschaubarkeit, ein Paradies, aus dem er vertrieben wurde. Er hatte damals noch nicht ganz begriffen, auf welche Lehre diese Reise hinauslaufen sollte, aber er stand nach Wochen anstrengenden Fußmarsches wieder vor dem Stuhle Petri und stellte dem Papst, der ihn spöttisch betrachtete, diese eine Frage.
»So breit wie die gesamte Erde!«, war die Antwort, die er, Bruder Ansgard, dem Bischof Ulrich nach Wochen mühseliger Wanderung unterbreitete. Darüber waren ein Sommer und ein Winter und wieder ein Sommer und abermals ein Winter vergangen und sieben durchgelaufene Schuhe am Wegrand liegen geblieben. Und er wusste noch, dass ihn die Unzufriedenheit des Bischofs und dessen nächste Frage erschütterte, als Bischof Ulrich ihm auf den Zahn fühlte.
»Wie dick ist er denn, der goldene Pfennig?«
In ihm hatte alles gemurrt und sich gesperrt, weil er gewusst hatte, was ihm bevorstand.
»Ist es wirklich wichtig?«, hatte er zu fragen gewagt und sich damit wieder den Mund verbrannt. Doch der Blick Bischof Ulrichs hatte ihn auf die Knie gezwungen, und es war ihm nichts weiter übrig geblieben, als demütig den Ring des Herrn über die Diözese Augsburg zu küssen und abermals das Bündel zu schnüren und gen Rom zu wandern.
Die Kälte des Steins drang durch seine dünne Kutte. Bruder Ansgard stand auf und nahm die Straße wieder unter seine Füße. Er humpelte leicht, bis sich die Beine an die Schmerzen gewöhnt hatten. Wenn er seinen Gang jetzt mit dem seiner ersten Romreisen verglich, bemerkte er Veränderungen. Er lief schleppender, mühseliger als zuvor. Und er glaubte zu wissen, warum. Selbst seinen Gang, das Einzige, worüber er allein verfügte und was ihm persönlich gehörte, war durch den Willen des Bischofs, mochte er zu seinen Lebzeiten schon als Vorbild und Heiliger gelten oder nicht, verändert, verbogen worden.

Und während er auf die Stadtmauer zuging, spielte Bruder Ansgard in seinem Inneren die Szene, die sich am nächsten Tag im bischöflichen Palais abspielen würde.
Er würde vor Bischof Ulrich hintreten, der ihn nicht ansehen, ja kaum wahrnehmen, aber seinem Bericht genau folgen würde. Er würde ihm sagen:
»Der Pfennig ist nicht nur so breit wie der Erdkreis, sondern so dick, wie der Himmel von der Erde entfernt ist. Und damit ist ein Vaterunser weit mehr wert als jedes Hab und Gut, das wir besitzen.«
So oder ähnlich würde er erzählen – und dann würde er um Verzeihung bitten für seine Verfehlung und dann vor allem den Mund halten. Bischof Ulrich würde ihn erstmals nach drei Jahren nachdenklich ansehen und nicken und ihn wieder in die Kongregation aufnehmen, vielleicht sogar als Küchenmeister, denn er hatte seinen Dienst zuvor vorbildlich versehen. Ein verlorener Bruder würde heimkehren in den Schoß der Kirche. Mit gebeugtem Haupt würde er vor dem Bischof stehen und seine Befehle entgegennehmen – und den Mund halten. Er würde den diamantenen Ring küssen, das Zeichen von Herrschaft und Würde – und dabei den Mund halten. Das wusste er. Niemandem würde er je wieder etwas verweigern, solange andere an den Hebeln der Macht saßen. Er, Bruder Ansgard, würde verstummen – für immer.
Diese Lektion hatte er gelernt.

Erläuterung
Bereits kurz nach dem Tod Bischof Ulrichs von Augsburg 973 setzte eine reiche Legendenbildung ein. Sie sollte das fromme Leben des Mannes für die Verehrung vorbereiten. Sagenhaftes und Wunderbares wurde hier vom Volk mit tatsächlichen Begebenheiten derart vermischt, dass ein Blick auf die historische Person Ulrichs nicht mehr möglich erscheint. Ulrich wurde wohl um 890 in Augsburg als Sohn der Adelssippe der Hu-

paldinger geboren. Seine Erziehung absolvierte er im Kloster St. Gallen. Gleich nach seinem Amtsantritt in Augsburg ließ er den von den Ungarn zerstörten Marien-Dom neu aufführen und die Stadt durch einen Mauerring befestigen. 993 wurde er in Rom beim ersten bekannten Heiligsprechungsverfahren zur Ehre der Altäre erhoben.

Nicht Fisch, nicht Fleisch

Hart schlug es gegen das Tor der Herzogspfalz zu Regensburg. Einer der Torwärter öffnete das Sichtgitter der Pforte. Es war mondhell. Draußen wartete ein Reiter auf einem unruhig tänzelnden Pferd.

»Wer ist draußen? Was ist Euer Begehr?«

»Arnulf von Schwarzach. Lasst mich durch! Ich muss zu Herzog Heinrich! Ich habe wichtige Nachricht! Und beeilt Euch!«

Der Mann, der versuchte, die Wachen zum Öffnen des Tors zu bewegen, trug noch den Staub der Straße im Gesicht.

»Des Herzogs reitender Bote!«, scholl der Ruf des Wärters. Aus der Wachstube sprangen vier Männer, die sich sofort gegen den Torriegel stemmten. Sie hoben ihn hoch, zogen ihn zurück, und das Tor schwang auf. Kaum offen, sprengte der Reiter hindurch und hinauf in Richtung Pallas, so dass die Wärter beiseite springen mussten. Das Pferd war abgehetzt und weiß vor Schaum.

»Der hat es aber eilig«, knurrte die Wache, die es nicht gern mochte, wenn man sie behandelte wie den Schmutz der Straße. Trotzdem blies er ins Horn, um seinem Herrn den Boten anzukündigen.

Arnulf von Schwarzach jagte sein Pferd bis zur Erschöpfung, sprang dann vor dem Pallas vom Gaul und eilte die steinernen Treppen hinauf und hinein in den Rittersaal. Dort wurde er bereits von Herzog Heinrich erwartet.

Der Herzog, grau im Gesicht und mit müden Augen, saß an der langen Tafel und erwartete den Boten mürrisch. Hinter ihm stand, die Hände in den Ärmeln versteckt, sein Beichtiger, Vorsteher der Hofkapelle und persönlicher Berater.

»Hatte Eure Botschaft nicht Zeit bis morgen?«, fuhr ihn der Herzog an und gähnte.
»Herr«, beeilte sich der Bote zu sagen, »ich dachte es sei wichtig, Euch den Brief von Kaiser Otto noch heute auszuhändigen – und Euch über eine Unbotmäßigkeit Bischof Ulrichs von Augsburg Bescheid zu geben.«
Der Herzog hob die Augenbrauen. Er nahm das Schreiben des Kaisers entgegen und reichte es weiter an seinen Beichtiger.
»Wir werden ihn morgen lesen. Und nun zu Bischof Ulrich. Was wisst Ihr über ihn Schlechtes zu berichten, Arnulf von Schwarzach?«
Den ganzen Weg von Augsburg her hatte er sich überlegt, wie er seinem Herzog die Verfehlung des Bischofs präsentieren sollte. Jetzt, da er vor ihm stand, jagten die Gedanken wild durcheinander. Alle Pläne, die er entworfen hatte, schienen ihm zu einfach, zu wenig klar. Er entschied sich, die Lage so zu schildern, wie er sie erlebt hatte.
»Ihr wisst Herr, dass Bischof Ulrich ein Lebenswandel angedichtet wird, der ihn beinahe zum Heiligen macht!«
Der Mönch hinter Herzog Heinrich beugte sich vor und flüsterte seinem Herrn etwas ins Ohr, was Arnulf von Schwarzach nicht verstand. Herzog Heinrich nickte und fasste den Boten ins Auge.
»Ich entnehme Euren ersten Worten einen Zweifel bezüglich der frommen Lebensart des Bischofs«, unterbrach Herzog Heinrich.
»Zu Recht«, erwiderte Arnulf von Schwarzach. »Gestern aß ich bei Bischof Ulrich zu Mittag. Er bewirtete mich ...«
»... wie es einem Christenmenschen ansteht. Und ihm vor allem!«, ergänzte der Mönch und sah den Boten scharf an.
»Aber es war Freitag, und Bischof Ulrich ließ mir ein Mahl auftragen, das direkt von seinem Tisch stammte und einem Heiligen keineswegs zusteht.«
»Warum glaubt Ihr das?« Herzog Heinrichs Stimme wirkte müde und gelangweilt.

Arnulf von Schwarzach schluckte. Ihm fiel auf, dass die beiden Männer ihn kritisch betrachteten und seiner Geschichte wenig Glauben zu schenken schienen. Aber er würde ihnen schon Zweifel einflößen, denn er hatte einen unwiderlegbaren Beweis in der Hand – und den wollte er ihnen präsentieren.

»Bischof Ulrich feierte mit seinem Bruder Konrad aus Konstanz, der ihn wohl überraschend besucht hatte.«

Der Mönch wurde ungeduldig. Wieder flüsterte er Herzog Heinrich etwas ins Ohr, worauf dieser Arnulf von Schwarzach drängte:

»Kommt zur Sache, Arnulf! Seinen Bruder zu bewirten, ist die heiligste Pflicht jedes Christen, vor allem dann, wenn man sich womöglich lange nicht gesehen hat.«

»Ich erhielt Fleisch. Am Freitag! Bischof Ulrich aß Fleisch! Und das steht keinem Heiligen zu.«

Die beiden Männer vor Arnulf von Schwarzach schwiegen. Der wusste, was sie dachten, er wusste, dass sie sich über diese tatsächliche Verfehlung des Bischofs Gedanken machten, dass sie versuchten, diesen Ausrutscher politisch auszuloten. Was war ein Bischof als Verbündeter wert, der den Glauben nicht vorlebte, den er predigte? Wie stand es um die Heerscharen der Christen in Bayern, die sich dieses Verstoßes wegen von ihm abwenden und damit dem Bayernherzog entgleiten konnten?

Mit einer forschen Handbewegung wischte Herzog Heinrich alle Bedenken beiseite.

»Ich gebe nichts auf bloße Verleumdung. Und jetzt lasst mich allein.«

Darauf hatte Arnulf von Schwarzach gewartet. Bloße Verleumdung. Dass er nicht lachte. Er besaß einen Beweis, unwiderlegbar und sicher. Sofort verbeugte er sich vor seinem Herzog.

»Herr, bevor ich Euch verlasse, lasst mich einen Beweis vorlegen.«

Er zog aus seinem Wams ein in Stoff eingeschlagenes Bündel, legte es auf die Holzdielen des Bodens, schnürte

es auf und schlug dessen Enden auseinander. Auf der Serviette, die das Zeichen des Augsburger Bischofs trug, lag – ein Stück Fleisch.
»Rindfleisch vom Tisch Bischof Ulrichs! Als Fastenspeise!«
Herzog Heinrich beugte sich vor und besah sich die Trophäe Arnulf von Schwarzachs. Dann ließ er sich in seinen Stuhl zurückfallen. Er wandte sich seinem Berater zu, der sich zu ihm hinabgebeugt und ihm nur kurz etwas ins Ohr geflüstert hatte. Über Herzog Heinrich zog ein Lächeln, das Arnulf von Schwarzach für sich deutete.
»Auch ich war entrüstet über das Stück Rindfleisch Eures Verbündeten!«, meinte er vorwurfsvoll. »Aber ich dachte, es sei meine Pflicht ...«
»Eure Pflicht ist es«, unterbrach Herzog Heinrich, und seine Stimme klang düster, »Eurem Herzog zu dienen und nicht Unfrieden zu stiften. Bischof Ulrich ist ein untadeliger Mann und ein wichtiges Glied zu unserem Kaiser Otto. Wo ist das Rindfleisch, das Ihr mir angekündigt habt? Ich sehe nur Fisch!«
Arnulf von Schwarzach fühlte, wie ihm das Blut aus dem Gesicht entwich. Ihm versagte die Sprache. Vor ihm auf dem Boden lag ein Stück Fleisch vom Rind, so viel war eindeutig.
»Aber Herr ...«
»Nichts Herr. Arnulf von Schwarzach, Ihr streut Unfrieden aus, wo ich Frieden wünsche. Packt den Fisch weg, er stinkt bereits.«
Verzweifelt über die Wendung, wandte er sich an den Mönch hinter Heinrich.
»Und Ihr, was seht Ihr?«
Der Mönch bemühte sich nicht einmal, einen Blick auf das Tuch zu werfen.
»Fisch. Einen Zander. Was sonst?«, antwortete er.
Arnulf von Schwarzach stand wie erstarrt. Eisig lief es ihm den Rücken hinunter. Die Augen Herzog Heinrichs musterten ihn kalt. Er verstand. Hastig schlug er das Tuch zusammen und nahm das Fleisch an sich.

»Was seht Ihr, Herr Arnulf?«, donnerte ihn der Herzog an, während sein Gesicht noch eine Spur mehr an Blässe erlangte, statt vor Zorn zu erröten.
Arnulf von Schwarzach knickte in die Knie und senkte den Kopf. Er wusste, welchen Fehler er begangen hatte.
»Fisch, Herr!«, flüsterte er. »Einen Zander. Verzeiht!«
Herzog Heinrichs Stimme sank zum Flüstern herab, als er seinen Boten verabschiedete.
»Dann erzählt es weiter, Arnulf von Schwarzach. Berichtet allen davon, Ihr habt Fleisch von Ulrichs Tisch genommen und habt vor mir Fisch in der Hand gehalten. Gehabt Euch!«

Erläuterung
Bischof Ulrich soll, ob vor oder nach der Ungarnschlacht 955 weiß man nicht, einmal an einem Freitag das Fastengebot übertreten und seinem Bruder Konrad aus Unkenntnis über den Wochentag Fleisch statt Fisch angeboten haben. Ein ebenfalls anwesender Bote des bayerischen Herzogs meldete diese Verfehlung seinem Herrn weiter und nahm als Beweis ein Stück Fleisch mit. Als er das corpus delicti auspackte, erkannte der Herzog darin nur einen Fisch. Der Fisch dieses »Fischwunders«, das die Ehre des frommen Bischofs Ulrich rettete, wurde zum Attribut des Heiligen. Auf jedem Schnitzwerk und auf Bildern wird seither der heilige Ulrich mit einem Fisch in der Hand dargestellt.

Spiel des Lebens

Der rote Freimann stützte sich aufs Schwert und musterte den jungen Kerl, der ihm von den Stadtschergen zugeführt wurde. Er zählte kaum zwanzig Jahre und sah mit den blauen Augen und den hellen Lockenhaaren aus wie ein Engel, wie er auf das Blutgerüst hochstieg. Und doch verbarg sich unter dieser Larve ein Teufel, dem nichts an einem Menschenleben galt, hatte er doch im Streit um eine Frau mit zweifelhaftem Ruf einem Mann die Kehle durchschnitten und zeigte keinerlei Reue darüber. Selbst den Pfaffen hatte er abgelehnt und sich geweigert zu beichten.

Vom Dom herüber läutete die Armesünderglocke dünn in die Morgenluft hinaus, so dass es dem Scharfrichter kalt den Rücken hinablief. Ein eigenartiges Gefühl von Abscheu und Mitleid rang in ihm, als der Junge vor ihn hintrat und den Kopf beugte. Der rote Freimann atmete tief durch, dann stellte er die Frage, die jeder zu stellen hatte, der das Recht auf Tötung ausübte.

»Hast du einen letzten Wunsch, Junge?«

Der hob überrascht den Kopf. Er überlegte einen Moment, betrachtete den Richtblock, dann den Scharfrichter in seiner Kapuze und sah hinter sich auf die Menschen, die sich an diesem kalten Frühlingstag herausgewagt hatten, um seine Hinrichtung zu begaffen.

»Ja«, antwortete er bestimmt. »Und wenn es das Letzte sein sollte, ein Blatt Karten.«

Der rote Freimann fühlte sich überrumpelt. Alle Wünsche hätte er dem Jungen gern erfüllt, aber im Angesicht des Todes ein Blatt Karten zu verlangen, obwohl er beim Kartenspiel seinen Gegner niedergestochen hatte, das war frech. Der Scharfrichter wollte die Bitte eben ausschlagen, als der Junge beinahe flehentlich hinzusetzte:

»Bitte!«

Der rote Freimann zögerte, dann wandte er sich zu seinem Gesellen um, der hinter ihm stand und das Beil in der Armbeuge hielt, als Ersatz, sollte das Schwert versagen.
»Bring ihm ein Kartenspiel! Es ist sein letzter Wunsch!«
Sein Geselle zögerte. Dann aber griff er in das Wams und zog ein Blatt Karten hervor. Der Scharfrichter erkannte das Spiel, mit dem der Geselle und seine Kumpane gerne spielten. Der rote Freimann dankte und reichte es dem Jungen weiter.
»Um Euren Kopf werde ich nicht spielen. Das schlagt Euch aus dem Schädel«, murmelte der Scharfrichter.
Der Junge lächelte verlegen, sortierte mit flinken Fingern das Blatt und wandte sich dann um. Hatten sich die Zuschauer, die sich langsam vermehrten, bislang lautstark unterhalten, verstummten sie plötzlich. Der Junge hielt, ohne dass er vom roten Freimann bedrängt wurde, das Spiel mit einer Hand hoch:
»Seht diese Karten!« Er ließ sie wie von Zauberhand auffächern. »Sie spiegeln mein Leben von der Geburt bis ins Grab. Ihr glaubt mir nicht? Seht her.«
Ebenso unerklärlich wie das Auffächern des Spiels, begann, ohne dass der Junge die Hand benutzte, eine der Karten aus dem Fächer aufzusteigen, als zögen unsichtbare Fäden daran, und die Menge raunte: »Eine Sieben, eine Sieben!«
»Ja, die Sieben«, meinte der Junge und lächelte. »Ich war sieben Jahre alt, als ich meine Eltern ins Grab trieb. Ein zorniger, trotziger Kerl, dem damals schon nichts heilig war, und der anderen mehr als eine Grube gegraben hat!«
Mit einem Geräusch, als würde eine Peitsche in der Luft knallen, flog die Karte aus dem Fächer und sofort begann sich eine neue emporzuarbeiten.
»Die Acht!«, rief die Menge.
»Ja, mit acht Jahren wurde ich erstmals beim Stehlen erwischt. Man schnitt mir die Ohrläppchen ab, als Zeichen

für mein frevelhaftes Tun. Aber was kümmerte es mich? Ich ließ die Haare wachsen und vergaß die Strafe.«
Und auch bei dieser Karte schnalzte es, als würde eine Peitsche niederfahren und ihm den Rücken gerben.
»Mit neun Jahren ging ich unter die Räuber und zog mit ihnen durch die Dörfer. Nur mein zehntes Lebensjahr erstrahlt im Licht. Damals wurde ich in eine Schule gegeben, und der geduldigen Hand des Lehrers gelang, was niemandem zuvor gelungen war. Sie taute mein Herz, und ich lernte beten. Endlich erfuhr ich, dass es anderes gab als den schnellen Griff in die Tasche, dass Wertvolles errungen werden konnte, ohne jemanden dabei bestehlen zu müssen, dass einem von selbst gegeben wurde und der Durst nach Fremdem bis zur Sättigung gestillt werden konnte.«
Der rote Freimann schluckte, während der Junge vor ihm seine Missetaten den Zuschauern, den Neugierigen seiner Hinrichtung erzählte. Der Griff seines Schwerts wurde feucht und mehr als einmal wollte er sich die Hände am roten Gewand abwischen, aber die Henkersehre verbot es ihm. Doch die Menge wurde unruhig. Hatte das Spiel mit den Karten sie anfänglich fasziniert, begannen jetzt die ersten zu pfeifen. Sie wollten das Geständnis, wollten die Beichte des Jungen nicht hören. Sie wollten seinen Kopf rollen sehen. Die Männer und Frauen zunächst der Bühne hoben die Fäuste und riefen, er solle den Mund halten und seinen Hals auf den Richtblock legen.
Der Junge drehte sich nach dem roten Freimann um. In seinen Augen entdeckte der Scharfrichter keinen Glanz mehr, nur den stumpfen Widerschein seines eigenen Gewandes. Trotzdem hielt er den Kartenfächer weiter hoch.
»Und hier die Buben«, sprach er weiter und sprach leise wie zu sich selbst und zu ihm, dem roten Freimann. »Sie rissen mich zurück in den Sumpf. Sie wurden mir falsche Freunde und haben mein Herz in Stein verwandelt, wo es zuvor weit geöffnet wurde.«

Der Bube schnellte von der Hand und wehte in die Menge hinein, deren Rufe lauter wurden, deren Drängen der rote Freimann nicht mehr lange würde widerstehen können.
»Sie hat mich in den Tod getrieben!«, flüsterte der Junge und ließ eine Dame aus dem Fächer wandern. »Die Dame mit ihrem Doppelgesicht: hier Höll, dort Himmel. Ihr bin ich auf den Leim gekrochen. Ihre Ehre hab ich verteidigt und muss dafür büßen.«
Die Menge war nicht mehr zu halten. Die ersten versuchten, auf das Blutgerüst zu klettern. Bevor sie ihm den Jungen entrissen, musste der rote Freimann zeigen, dass er handelte. Der Scharfrichter trat an den Jungen heran und nahm ihn am Arm. Der sah erstaunt auf.
»Jetzt kommt Ihr, roter Freimann. Hier, der rote König, Herrscher über Leben und Tod. Ich beuge mich dieser anderen Gewalt.«
Der rote Freimann führte ihn zum Richtblock, drückte ihn in die Knie, nahm ein Messer und schnitt ihm die Haare über dem Hals ab, damit dieser frei lag. Es würgte ihn, da er endlich Reue in den Augen des Jungen erkannte. In der Hand hielt der Junge noch den Kartenfächer, während der rote Freimann ihm den Kopf auf den Richtblock drückte.
»Das Ass. Es bleibt als Letztes. Die Karte, die alle sticht. Gebt, roter Freimann, dass es die Reue ist!«
Die Menge verstummte, als er das Richtschwert hob und die Klinge hoch über dem Hals des Jungen aufragte. Alles Lamentieren, alles Rufen und Schreien endete. Nur das Knallen wie von einer Peitsche war zu hören, als der Junge die letzte Karte, das Ass, aus dem Kartenfächer schnellen ließ. Sie flog auf und segelte in die Bahn, die das Schwert nahm, als der rote Freimann es mit ganzer Kraft auf den Hals des Jungen niedersausen ließ. Es landete im selben Moment auf dem Hals, als die Klinge in diesen hineinfuhr. Die Schneide teilte das Herz-Ass genau in der Mitte.

Erläuterung

Die Hinrichtung von Delinquenten mit dem Schwert oder durch den Galgen, erfolgte in Augsburg beim Rathaus auf der so genannten »Hauptstatt«. Hier führte der Scharfrichter oder Freimann seine Aufgabe aus. Bezahlt wurde er von der Stadt für jede Hinrichtung. Außerdem standen ihm die Habseligkeiten des Hingerichteten wie z. B. dessen Kleidung zu.

Die Glocke vom Stadtturm

»Herr Gott, lass meinen Meister kommen!« Thomas, der Lehrling des Glockengießermeisters Hacke, stand unruhig vor dem Schmelzofen und schützte seine Augen mit der Hand vor der Glut im Tiegel. Die Glockenspeise wirkte fertig. Die Bronze brodelte und spritzte. Thomas war lange genug bei Meister Hacke Lehrling gewesen, um zu wissen, wann eine Bronze reif war für den Guss – und diese war reif. Thomas seufzte.
Vor ein paar Wochen war alles noch so leicht gewesen. Sein Meister hatte den Auftrag bekommen, die neue Perlachturmglocke zu gießen. Eine Sturm- und Ratsglocke sollte es werden, ein mächtiges Geläut, in der Bedeutung und Würde des Augsburger Rates mitschwingen sollten. Freudig hatte sein Meister zugestimmt, schließlich war es eine Ehre, für die Stadt zu arbeiten – und nebenbei hatte es mit dem Lohn für die Arbeit auch seine Richtigkeit, wie Thomas an der schwer gefüllten Geldkatze erkannt hatte, die der Ratsherr Welser im Namen des Kleinen Rates vorbeigebracht hatte.
Gemeinsam hatte er die Tage danach mit seinem Meister an Ton- und Wachsform gearbeitet, aber je weiter die Arbeit gedieh, desto düsterer wurde dessen Miene. Immer wieder hatte er ihn angefahren, obwohl Thomas nichts falsch gemacht hatte.
Als die Tonform stand, war der Meister unschlüssig um sie herumgegangen, hatte immer wieder die Gussöffnung und die Entlüftungen kontrolliert. Thomas hatte ihm vom Thorbräu Bier bringen müssen, und dann noch einen Krug und noch einen, weil sie die Bronze angesetzt hatten. Sie hatten alte Leuchter und Teller aus Zinn zerschlagen. Mit Besteck und Barren wanderten die Scherben in den Steintrog und wurden langsam erhitzt. Immer wieder hatte Thomas die Schlacke abschöpfen müssen.

Heute hatten sie Zinn beigegeben und eine Metallmischung zur Aushärtung, die das Geheimnis seines Meisters war. Sein Meister hätte zufrieden sein können, aber als der Schmied Benno von schräg gegenüber zu ihm hereingeschaut hatte, schien es Thomas, als wäre sein Meister erleichtert gewesen.

»Ich geh mit dem Schmied Benno noch auf einen Sprung zum Thorbräu«, hatte er ihm zugerufen und die Lederschürze an den Nagel neben der Tür gehängt.

Aber sein Meister war nicht einfach gegangen. Noch unter dem Türrahmen hatte er umgedreht und war mit einem wilden Ausdruck im Gesicht auf ihn zugeeilt und hatte ihm eingeschärft:

»Lass deine Finger von der Glockenspeise. Ich komme rechtzeitig zurück!«

Mit seinem mächtigen Oberkörper und dem dichten Bart hatte Meister Hacke in diesem Augenblick richtig bedrohlich gewirkt, und Thomas war die Angst in die Glieder gefahren.

Während der Meister seinen Mantel vom Haken genommen und den Hut aufgezogen hatte, hatte er Thomas nochmals mit scharfer Stimme angeherrscht:

»Und schür das Feuer ordentlich!«

Thomas, der noch nie diesen barschen Ton bei seinem Meister vernommen hatte, war zusammengefahren. Er hatte hoch und heilig versprochen, nichts zu verändern. Als der Meister gegangen war, hatte er Holz vom Garten geholt, kernige, trockene Buche, und sich in die Nähe des Schmelzofens gesetzt.

Jetzt, gut vier Stunden später, war Meister Hacke noch immer nicht zurück. Die Glockenspeise hatte die richtige Farbe angenommen und brodelte. Thomas kannte sie von unzähligen Güssen her. Seiner Meinung nach musste die Glocke jetzt gegossen werden. Später würde das Metall zu spröde und möglicherweise brechen. Er rührte nervös die Schmelze ein letztes Mal um. In ihm stritten die Gefühle. Einerseits band ihn sein Versprechen, andererseits würde der Meister sicher ärgerlich werden, wenn die Glockenspeise unbrauchbar geworden war. So oder so musste er den Unmut seines Meisters ertragen. Das gab für ihn den Ausschlag. Er zögerte noch einen Augenblick, dann schlug er den Zapfen ab, und die Schmelze rann zischend und glucksend in die Sandform. Thomas' Gefühl schwankte zwischen aufrichtiger Freude über seinen ersten eigenen Guss und Angst vor der Laune seines Meisters, wenn der sah, dass er sein Versprechen gebrochen hatte.

In diesem Moment flog die Tür zur Werkstatt auf und Meister Hacke stolperte herein. Er war betrunken. Thomas sah es sofort an den geröteten Augen und dem steifen Gang. Hinter ihm trat der Schmied Benno mit ein. Die beiden Männer brachten einen herben Bierdunst mit in die Werkstatt.

Als Meister Hacke sah, dass Thomas den Zapfen abgeschlagen hatte, stand er zuerst starr vor Staunen. Mit weit aufgerissenen Augen sah er dem Fluss der Glockenspeise nach. Dann aber rötete sich sein Gesicht. Zorn wühlte in ihm, und er stürzte auf Thomas los.

»Du hast dein Versprechen gebrochen, Kerl!«, brüllte er und lief puterrot an, während Thomas sich in eine Ecke der Werkstatt flüchtete. »Und ich habe dir vertraut, du Lump! Das sollst du mir büßen.«

Meister Hacke griff nach dem Hammer, mit dem er die Bronzebrocken zerkleinert hatte, und holte aus.

»Hilfe!«, schrie Thomas bestürzt. »Lasst das!«

»Sei vernünftig«, schrie auch der Schmied Benno, aber der Zorn zerriss das Gesicht Meister Hackes.

»Und wenn es das Letzte ist, was ich tue!«

Er schwang den Hammer und versuchte den Lehrling damit zu treffen.

»Aber die Glockenspeise war reif!«, flehte Thomas, dem die Angst in der Kehle würgte.

»Lass die Glocke auskühlen und prüf sie. Dann überleg dir eine Strafe«, versuchte nun auch der Schmied Benno zu beschwichtigen.

»Wenn die Glocke klingt, dann lasst sie bei meiner Hinrichtung läuten«, geiferte Meister Hacke. Dann holte er mit dem Hammer aus. Thomas sprang zur Seite, aber der Hammer traf ihn und warf ihn zu Boden. Augenblicke später lag Thomas vor Meister Hacke. Der stierte ihn mit seinem wässrigen Blick an, als verstünde er nicht, was er getan hatte. Um Thomas' Kopf bildete sich eine bräunliche Lache. Dann knickten Meister Hacke die Beine ein. Er ließ es geschehen und sank gegen die Wand, sein Kopf fiel ihm auf die Brust. Schnarchend schlief er ein.
Der Schmied Benno sah erschrocken auf die beiden leblosen Körper und stakste hinaus, um die Stadtschergen zu holen.

Erläuterung
Der Glockengießermeister wurde im Herbst 1348 vom Vogt der Reichsstadt Augsburg zum Tode verurteilt. Die Glocke gelang tatsächlich. Der Stadtvogt erlaubte, dass den Glockengießermeister der Klang der Glocke seines Lehrlings auf seinem letzten Weg begleitete. Er wollte ihren Ton mit in den Tod nehmen. Seit diesem Tag sollte die Glocke zu allen Hinrichtungen erklingen. Den Räten der Stadt aber wurde sie zum Ratswahltag geläutet, damit sie sich allezeit daran erinnerten, ihr Amt ehrlich und gewissenhaft zu leiten. Vermutlich wurde die Glocke 1813 eingeschmolzen.

Else Rehlinger oder der Fluch der Schönheit

Rührt mich nicht an!«, fauchte Else Rehlinger, als Kunz von Villenbach sich ihr näherte.

»Oh, ich glaube nicht, dass der Kerker der rechte Ort ist, Euch in die Arme zu schließen. Ihr sollt aber wissen ...«

»Verschont mich mit Euren Sprüchen, Ihr Mörder!«

Else Rehlinger rückte ganz an die Mauer zurück. Die Ketten, die ihre Beine umschlossen, klirrten und schabten auf dem steinernen Untergrund.

»... Ihr sollt trotzdem wissen, dass Ihr die schönste Witwe seid, die mir je begegnet ist!«

»Mord und Menschenraub sind nicht die Formen, einer Frau den Hof zu machen, Kunz. Mein Bruder wird Euch vor die Pferde spannen lassen und vierteilen.«

Else Rehlingers Stimme klang angestrengt, als würge sie mit ihrem Zorn gleichzeitig Tränen hinunter.

»Er ist eben dabei, beste Else. Und deshalb bin ich hier. Ihr werdet mich begleiten. Denn entweder bekomme ich Euch – oder eben niemand! Nicht einmal dem Schellenberger habe ich Euch gegönnt. Diesem Laffen und Pfau!«

»Musstet Ihr ihn deshalb gleich umbringen? Und das auf meiner Brautfahrt?«

Kunz lachte hart auf.

»Freiwillig hätte er Eure Hand nicht losgelassen. Ich hatte ihn schon darum gebeten.«

»Nie hätte ich Euch meine Hand gereicht!«

Kunz von Villenbach bückte sich und schloss die Ketten auf.

»Ich dacht mir so etwas, Else Rehlinger. Deshalb schien mir der Witwenstand die sinnvollere Art, mit dem Schellenberger umzugehen. Und Euch traf er ja nicht unvorbereitet.«

Dann griff er unvermittelt nach Else Rehlingers Hand und zog sie auf.

»Seht her, Else«, flüsterte er und zog sie näher zu sich heran. Er zeigte ihr den Dolch in der anderen Hand. »Ich werde Euch nicht töten, dazu müsste man mich in die Enge treiben. Aber ich werde Eure hübsche Larve verstümmeln, so dass niemand mehr in sie hineinblicken möchte, wenn Ihr Euch nicht fügt. Und jetzt fort. Euer Bruder war schneller vor meiner Burg, als ich gedacht habe.«

Von außerhalb des Turmverlieses hörte man dumpfes Waffenklirren und Schreie.

»Er stürmt die Burg Villenbach!«, freute sich Else Rehlinger.

»Freut Euch nicht zu früh. Euer Bruder hat als Stadtpfleger von Augsburg zwar alle verfügbaren Söldner und Stadtknechte aufgeboten. Ich muss ihn bewundern. Damit steigt Euer Wert! Aber er hat seine Rechnung nicht mit dem Kunz von Villenbach gemacht. Ich habe für Euch eine hübsche Überraschung.«

Kunz von Villenbach zog Else Rehlinger hinter sich her. Sie sträubte sich, konnte aber der Gewalt, mit der dieser Raubritter sie hinter sich herzog, nichts entgegensetzen. Kunz eilte den Gang entlang, den Else geführt worden war, als man sie in den Kerker gebracht hatte. Vor einer Tür hielt er inne.

»Ihr rührt Euch nicht, Else. Ich müsste sonst Ernst machen!«, drohte der Villenbacher.

Else nickte unwillkürlich und blieb stehen, als Kunz seinen Griff lockerte und mit der anderen Hand nach seinem Schlüsselbund griff. Nur wenige Augenblicke ließ er los, stieß den Schlüssel ins Schloss, drehte ihn und stemmte die Tür auf. Aber Else Rehlinger stand wie gebannt und lauschte nur auf den Kampflärm und das Geschrei, das sich langsam näherte.

»Peter!«, schrie sie plötzlich. »Peter von Argon!«
Mit einer schnellen Bewegung war der Villenbacher bei ihr, verschloss ihr mit der Hand den Mund und zog sie wieder hinter sich her, nicht ohne die Tür zu verschließen. Sie standen in einem Gang. Es war stockfinster. Der Villenbacher schien sich auszukennen, denn ohne eine Fackel zu benutzen, hastetete er den Weg entlang. Es roch nach Feuchtigkeit und Schimmel.
Das ist ein Fluchtweg, durchfuhr es Else. Er flieht nach draußen, weil die Burg nicht mehr zu halten ist. Wild schlug sie um sich und biss dem Villenbacher in die Hand, so dass dieser loslassen musste.
»Peter, hierher!«, schrie sie aus Leibeskräften.
Aber Kunz von Villenbach kannte keine Rücksicht. Mit einem Ruck riss er ihr einen Ärmel ihres Kleides vom Leib und knebelte ihr damit den Mund. Else schien es, als könne er in der Finsternis sehen, so schnell und zielsicher bewegte sich Kunz von Villenbach im dunklen Gang.
»Und jetzt aufs Pferd, meine Schönheit.«
Else Rehlinger fühlte und sah, dass sie ins Freie stolperten. Der Boden unter ihren Füßen wurde weicher. Es dämmerte. Über den Bäumen war der erste rötliche Schein der Wachfeuer zu erkennen. Hastig warf Kunz sie über das Pferd wie einen Sack Getreide und sprang dann selbst auf. Ohne Rücksicht auf sie galoppierte er davon.
Else Rehlinger fand sich damit ab, dass der Villenbacher beim nächsten Halt nicht allzu zimperlich sein und sich nehmen würde, wonach ihn verlangte. Ihr ganzer Körper schmerzte in der gebogenen Haltung. Kunz von Villenbach sprach kein Wort, und sie selbst hatte genügend damit zu tun, Luft zu bekommen, um nicht zu ersticken. Der Villenbacher lenkte sein Pferd auf einen Weg hinaus, den Else zu kennen glaubte.
»Nun, Else von Argon, verwitwete Rehlinger, verwitwete Schellenberger. Erkennt Ihr den Weg, wisst Ihr, wohin es geht?«

Else Rehlinger erkannte auffällige Wegemarkierungen und wusste plötzlich, wohin Kunz steuerte. Auf dem Weg nach Gessertshausen hinein lag eine kleine Kapelle, bei der sie oft Kunzen und auch Hans von Königseck und zuletzt den Schellenberger getroffen hatte. Ein verschwiegener und geduldiger Ort.
Sie nickte mit dem Kopf, um Kunz zuzustimmen und ihn dazu zu veranlassen, ihr den Knebel aus dem Mund zu nehmen, der sie beinahe erstickte.
»Dort werde ich Euch meine Überraschung vorstellen!«
Else Rehlinger schloss die Augen.
Geraume Zeit später kam die Kapelle in Sicht und sofort begann deren fistelige Glocke zu läuten. Vor der Kapelle stand ein Geistlicher mit zwei Ministranten. Jetzt wusste sie, was Kunz von Villenbach im Schilde führte. Er winkte dem Pfarrer fröhlich zu, der merkwürdig regungslos wirkte. Plötzlich zügelte Kunz von Villenbach das Pferd.
»Verflucht!«, entfuhr es ihm. Seine Hand ging an den Gürtel, an dem sein Schwert baumelte. Neben dem Pfaffen trabte ein Reiter aus dem Schatten der Kapelle.
»Lasst die Frau los, Kunz!«, hörte er vor sich eine Stimme, die er nur zu gut kannte. Es war die seines Erzrivalen um die Hand der schönen Else, Hans von Königseck.
»Ich ahnte, dass Ihr hierher kommen würdet, Kunz, weil ich unterwegs den Pfaffen hier getroffen hatte. Also bin ich mitgekommen. Als Trauzeuge sozusagen. Lasst die Frau los, Kunz. Es wird Euer Schade nicht sein.«
Kunz sah sich um, soweit er bei der Finsternis überhaupt noch sehen konnte. Immer mehr Flammen züngelten hoch. Ein kleines Heer von Stadtschergen umzingelte ihn, jeder eine Fackel in der Hand.
»Ihr sollt sie auch nicht bekommen«, stieß Kunz von Villenbach hervor. Er zog blitzschnell seinen Dolch und ließ ihn auf Else Rehlinger niederfahren. Im selben Augenblick schnellte ein Pfeil von einer Sehne und durchbohrte Kunzens Hals. Die Klinge des Kunz von Villenbach traf

Else nicht mehr. Der Dolch fiel zu Boden. Hans von Königseck trat auf das Pferd des Kunzen zu und hob Else herunter. Er nahm ihr den Mundknebel ab, und Else Rehlinger bedankte sich mit einem Blick, den der Königsecker nicht falsch zu deuten hoffte.
»Herrin, darf ich Eure Hand nehmen?«, erbot sich Hans von Königseck.

Erläuterung
Else von Argon, die verwitwete Ratsherrengattin Rehlinger, die als Schönheit weithin berühmt war, hatte sich mit Ritter Marquard von Schellenberg versprochen. Als sich der Brautzug im Jahre 1408 nach Schloss Seifriedsberg bewegte, wo das Paar getraut werden sollte, überfiel auf der Landstraße bei Ustersbach Kunz von Villenbach, ein ehemaliger Freier und verschmähter Liebhaber Elses, die Gesellschaft. Er tötete Marquard von Schellenberg und raubte die Braut. Als deren Bruder, Peter von Argon, Stadtpfleger von Augsburg, den Stadtrat dazu bewegen konnte, in diesem Falle einzugreifen, setzte sich Hans von Königseck an die Spitze der Rächer. Auch er war einer der Abgewiesenen der schönen Else. Die Burg des Villenbacher wurde belagert. Dieser floh durch einen Geheimgang zusammen mit Else. Als Hans von Königseck die beiden Fliehenden zufällig stellte, konnte er eben noch einen weiteren Mord verhindern, indem er Kunz von Villenbach niederstreckte. Die doppelte Witwe heiratete daraufhin ihren Befreier.

Agnes Bernauer

Agnes schreckte hoch. Ihr eigener Schrei hatte sie geweckt. Völlig verschwitzt und fiebrig heiß lag sie im Bett und starrte mit weit aufgerissenen Augen gegen die Decke. Sie nahm das Klopfen kaum wahr, erschrak noch einmal, als der Vater neben dem Bett stand, eine Unschlittkerze in der Hand, die stark tropfte.
»Was ist, Agnes?«
Agnes war unfähig zu antworten. Sie atmete schnell. Ihr Vater, ganz Bader und Wundarzt mit einem geschulten Blick für Krankheiten, setzte sich aufs Bett der Tochter und strich ihr über die Stirn.
»Du fieberst ja, Mädchen.«
Agnes sah ihren Vater starr an und versuchte zu sprechen, aber die Zunge wollte ihr nicht gehorchen.
»Ich hol dir Wickel und einen Trank. Der wird dir helfen. Er soll einen guten Schlaf bringen.«
Jetzt erst löste sich die Sperre in Agnes. Die Zunge wurde ihr gefügig. Sie wollte nicht betäubt werden und ins Nichts versinken.
»Lasst, Vater. Es ist nichts. Ich hab nur geträumt.«
»Geträumt? Was? Von wem?«
Der Vater wusste, dass Agnes längst das Alter erreicht hatte, in der andere Mädchen ans Heiraten dachten. Aber Agnes half im Baderbetrieb und hatte bislang noch jeden Werber ausgeschlagen.
Seine Tochter schluchzte auf und dann liefen Tränen, die den Bader ihrer Heftigkeit wegen überraschten.
»Agnes, was ist?«
Noch einmal atmete sie tief ein, dann begann sie zu erzählen. Langsam, als müsse sie für jedes Traumbild erst ein Wort erfinden.
»Vom Herzog hab ich geträumt!«
»Von Albrecht?«

Nicht ungern hatte der alte Bernauer gesehen, dass der Herzogssohn sich um die Tochter bemühte, dass er täglich nach ihr fragen ließ, seit er zur Badekur in der Stadt weilte, und dass seine Agnes ihn nicht behandelte, wie alle anderen. Sie schien froh zu sein um seine Aufmerksamkeiten und strahlte, wenn er sich im Badehaus aufhielt.
»Nicht der, der Vater, Herzog Ernst. Er war's. Er stand auf einer Brücke und deutete auf mich. Sein Gesicht, sein Gesicht ... so furchtbar war es. Eine Fratze. Er hasste mich, Vater, ganz und gar.«
Jetzt musste der alte Bernauer doch erleichtert lachen. Vom Vater hatten sie nichts zu befürchten, nichts jedenfalls, solange der Sohn sich für sie interessierte. Er wollte schon aufstehen und Agnes wieder ihren merkwürdigen Gedanken überlassen, aber sie hielt ihn am Arm fest.
»Bleibt, Vater! Er war nicht allein, der Herzog. Neben ihm die Großen Bayerns und mitten unter ihnen ...«
»Du neben dem jungen Herzog. Und er gab dir die Hand, auch wenn es dem Herzog Ernst nicht recht war.«
Agnes richtete sich im Bett auf und klammerte sich an den Arm des alten Bernauer. Heftig schüttelte sie den Kopf.
»Nicht doch. Nein, dort stand der Henker!« Sie malte mit dem Finger Luftfiguren in den Raum, bezeichnete so dem Vater die Personen und die Orte. »Er hielt mich, der Henker. Mir hatte man die Hände auf den Rücken gebunden und die Beine gefesselt. So stand ich auf der Brüstung und der Herzog nickte und ich fiel, fiel in das eisige Donauwasser, Vater, gestoßen von der Hand des Henkers, und wurde von seiner langen Stange untergetaucht.«
Der alte Bernauer schlang den Arm um die Tochter und drückte sie. Ihm graute bei der Vorstellung, und plötzlich wurde es kalt im Zimmer des Mädchens. Er fühlte, dass er im Nachthemd dasaß.
»Mein Gott, Mädchen, was erzählst du da. Das ist doch alles nur, weil du zum ersten Mal ...«

»Nein, Vater«, widersprach Agnes entschieden. »Es ist nicht die Liebe zu Albrecht, es ist auch nicht das Verlangen nach ihm. Es ist das Grauen vor dem kommenden Tag.« Sie hielt kurz inne, zögerte. Ihr Blick richtete sich ins Nirgends, während sie weitersprach, leise, als gehöre ihr die Stimme nicht. »Ich glaubte zu ersticken. Ich sah, sah das Wasser, die Fische darin und die Krebse unter den Steinen, die grünen Algen und die kahlen Äste, die sich an den Pfeilern verfangen hatten und ihre Zweige wie Finger nach mir ausstreckten. Sie hatten mich beinahe schon gepackt, aber plötzlich ließ der Druck der Stange nach und ich wurde wieder an die Oberfläche getrieben. Ich schrie und spuckte, aber der Herzog tobte, und so drückte mich die Henkersstange abermals unter Wasser.«
»Hör auf, Kind!«
Agnes weinte im Arm des Vaters, aber sie fühlte, dass die Tränen kalt waren, als wären sie Glasperlen und unecht. Je weiter sie ihren Traum spann, desto klarer wurde ihr, dass er nur erzählte, was ihrem Leben widerfahren würde. Und ebenso klar erkannte sie, dass nichts und niemand den Lauf der Dinge mehr würde ändern können.
»Es war die Strafe dafür, dass ich Herzog Albrecht geheiratet hatte und dass wir glücklich waren. Albrecht reiste aber außer Landes, und die Gelegenheit für den alten Herzog Ernst war günstig. Ich wurde der Hexerei angeklagt.« Sie zögerte, weil ihr der Vorwurf so ungeheuerlich erschien und doch so richtig, wenn sie es recht bedachte. »Und stimmt es nicht, Vater, konnte ich nicht sein Herz vom ersten Augenblick an verzaubern?«
Der alte Bernauer fühlte, dass etwas an diesem Traum anders war, als an anderen Träumen, die Agnes ihm regelmäßig erzählte. Ihm entströmte eine Wirklichkeit, die ihn frösteln ließ. Unsicher darüber, ob er seine Tochter weiter auffordern sollte zu berichten, spann er selbst die Geschichte zu Ende.
»Und zuletzt kam der junge Herzog Albrecht, dein Mann,

und befreite dich aus dieser unsäglichen Lage. Ihr seid Euch in die Arme gefallen ...«
Leicht wirkte der Druck der Tochter auf seinen Arm. Sofort verstummte der alte Bernauer.
»Spotte nicht, Vater. Der Henker drückte mich ins Wasser wie lange keine mehr, und doch war ich nicht tot, als er die Stange lockerte und ich an die Oberfläche trieb. Zum zweiten Mal. Ich atmete, atmete diesen einen, diesen letzten Luftzug. Zuerst sah ich nur Wasser und Tropfen und niemanden, dann aber sah ich ihn dort oben stehen, den Herzog aller Bayern, Ernst, sah sein Gesicht, sah in seine Augen, die in Hass schwammen, sah meinen Tod darin. Der Herzog befahl, mich ein drittes Mal zu tauchen. Bevor aber die Stange mich drückte, verfluchte ich diese Familie und den Vater zusammen mit seinem Sohn, der mir nicht helfen konnte. Und dann kam die Stange abermals, aber diesmal fuhr eine Schwärze in mich, dass ich schreien musste. Und davon bin ich aufgewacht, Vater.«
Dem Bader stand jetzt selbst der Schweiß auf der Stirn. Er nahm Agnes in den Arm und drückte sie.
»Es war nur ein dummer Traum. Der junge Herzog wird die Schwelle meines Hauses nicht wieder überschreiten, Agnes!«
Aber Agnes schob den alten Bernauer bestimmt von sich. Jetzt wirkte sie in den Augen des Baders gelöst. Heftig schüttelte sie den Kopf.
»Willst du mich eines törichten Traums wegen bestrafen? Und wenn mein Schicksal besiegelt sein sollte, dann will ich lieber wenige Jahre des Glücks mit Herzog Albrecht erleben, als den Rest meines Lebens das Grau des Alltags.«

Erläuterung

Herzog Albrecht III. von Bayern-München lernte Agnes Bernauer, eine Augsburger Baderstochter, bei einem Turnier in der Stadt kennen. Sie verliebten sich und heirateten trotz des

Widerstands von Herzog Ernst, dem Vater Albrechts, gegen die unstandesgemäße Verbindung. Das Paar lebte in Straubing und Vohburg. Unter einem Vorwand von seiner Frau weggelockt, musste der Ehemann erfahren, dass sein Vater Agnes Bernauer am 12.10.1435 in seiner Abwesenheit getötet hatte. Er hatte sie bei Straubing als Hexe in der Donau ertränken lassen. Herzog Albrecht söhnte sich bald wieder mit dem Vater aus und heiratete am 6.11.1436 standesgemäß Anna von Braunschweig.

Johann Gossenbrod

Die Gespräche verstummten, als Johann Gossenbrod den Arm hob, um die Bedienung zu rufen. Er schaute verblüfft auf und musterte die Kerle, die an den Tischen hockten und zu ihm hin stierten. Dann warf er den Kopf zurück und brüllte aus Leibeskräften in den Raum:

»He, Wirt! Noch einen Krug Bier, aber rasch!«

Der Thorbräu-Gastwirt nickte kurz, ohne aufzusehen. Er mochte den Gossenbrod nicht, aber der ließ nicht anschreiben, sondern bezahlte mit barer Münze. Also drehte er sich um, holte sich einen Krug aus dem Waschwasser und hob ihn ans Fass. Langsam ließ er die braune Flüssigkeit hineinlaufen.

Mit finsterer Miene saß Gossenbrod allein an seinem Tisch. Mit finsterer Miene blickte er in die Runde. Der Gastraum war voll, aber niemand wollte sich ihm zugesellen, lieber hockten die Gäste sich zu zweit auf einen Stuhl als neben ihn auf die Bank. Gossenbrod verteilte wütende Blicke und fixierte die Männer im Raum, die jetzt wieder leise miteinander tuschelten.

»Was starrst du mich an?«, schrie er plötzlich sein Gegenüber an und stand auf, so dass sein Stuhl polternd umfiel.

Der Fuhrknecht musterte ihn kurz, dann spie er auf den Boden und drehte ihm den Rücken zu.

»Und du«, keuchte Gossenbrod und keifte den Nächsten an, »warum tuschelst du so? Was wird geredet? Über mich? Ihr redet über mich?«

Wieder drehte sich der Mann weg und zeigte Gossenbrod die kalte Schulter.

»Wo ist das Bier?«, schrie dieser jetzt mit sich überschlagender Stimme, so dass sich sein Hals blähte. Er lief puterrot an dabei. »Ihr seid Heuchler!«

Plötzlich stand ein Schmied auf und trat einen Schritt auf Gossenbrod zu. Der Schmied überragte ihn um einen guten Kopf und seine Muskeln spielten im Schein der Kerze. Sein kahler Schädel glänzte vor Schweiß.
»Mag sein«, antwortete der Schmied, »aber wir sind keine Verräter.«
»Verräter? Was, Verräter?«, schrie Gossenbrod wieder. Ängstlich setzte der Wirt das Bier vor Gossenbrod ab, und der warf ihm eine Münze hin, die über den Tisch lief und dann auf den Boden kollerte, um in einer Ritze der Holzbeplankung zu verschwinden. Der Wirt wagte es nicht, die Münze noch einmal anzumahnen. Johann Gossenbrods Hand lag auf dem Messer, das in seinem Gürtel steckte, sein Gesicht war zur Grimasse verzerrt.
»Keiner von euch kann die Juden leiden. Ihr gebt es bloß nicht zu, weil ihr Geld von ihnen braucht. Dabei sind sie nur ...«
»Man muss sie nicht mögen. Aber deshalb braucht man nicht andere dazu aufzustacheln, sie zu töten!«
Gossenbrod fuhr herum. Ein weiterer Gast war aufgestanden und sprang dem Schmied bei. Seine Zunge war flinker, sein Geist beweglicher, wenn er auch seiner Statur nach ein Schreiber war, wie er gebeugt und schief dastand mit seinem grauen Haarschopf.
»Ich habe keinen Jud getötet!«
»Aber dazu angestiftet!« Mit diesen Worten drehte sich der Fuhrknecht wieder Gossenbrod zu. »Ich komme aus Nördlingen, Gossenbrod. Ihr seid Tagesgespräch mit Eurem schändlichen Treiben.«
»Lüge, alles Lüge!«, fauchte Gossenbrod und griff nach seinem Krug, den er auf einen Zug leerte. Das Bier lief ihm die Mundwinkel hinab und besudelte Hemd und Hose.
»Schlimmer noch. Ihr habt die beteiligten Bürger, die ihr zuerst aufgestachelt habt, an die Obrigkeit verraten. Und jetzt verlangt der Magistrat im Namen des Kaisers Sühne. Ich sehe Euch aber nicht in der Reichsstadt Nördlingen Buße tun, sondern Euch in Augsburg in der Thor-

Schenke besaufen. Und warum? Ich will es Euch sagen: die Ehefrauen, Söhne und Töchter der Verhafteten haben Euch verflucht.«
Damit drehte sich der Fuhrmann um. Totenstille herrschte in der Schankstube. Schaum trat Gossenbrod aus den Mundwinkeln. Er fand keine Worte mehr für die Wand der Ablehnung und des Hasses, die ihm entgegenschlugen. Er drehte sich mit einem Ruck um und schwankte zur Tür. Der Schankwirt erschauerte, ebenso die Gäste, die der Szene gefolgt waren. Jeder hatte von der Geschichte gehört. Gossenbrod stürzte zur Tür.
An der Türschwelle hielt ihn die Stimme des Fuhrmanns auf. Dessen Bass dröhnte im Raum wie ein Gongschlag.
»Gossenbrod, merkt Euch, vor mir könnt Ihr fliehen, aber der Strafe Gottes entkommt Ihr nicht.«
Nur das Zuschlagen der Tür war zu hören.
Gossenbrod stürzte aus dem Schankraum und eilte dem Wertachbrucker Tor zu. Er wollte die Nacht über nicht innerhalb der Stadtmauern zubringen. Sie würden ihn hinterrücks erstechen, wenn sie seiner in der Dunkelheit habhaft würden.
Je näher er dem Tor kam, desto beklemmender wurde es ihm. Gossenbrod fühlte, wie sich ihm eine unsichtbare Hand um den Hals legte, die langsam zudrückte.
»Der Strafe Gottes kannst du nicht entkommen!«, dröhnte die Stimme des Fuhrmanns in seinen Ohren nach.
Er wollte am Torwärter vorbei, doch dieser sah ihn mit merkwürdig spöttischen Augen an, als wüsste er, was da vor sich ging. Gossenbrod blieb unter der Torschwelle stehen und rang nach Atem. Jeder Schritt schnitt ihm die Luft ab. Seine Zunge schwoll an, bis sie die Dicke einer Gurke erreicht hatte. Gossenbrod, unfähig sich zu rühren, streckte nach dem Torwärter die Hände aus, wollte Hilfe, aber dieser trat in seinen Unterstand ein, als hätte er ihn nie gesehen.
Unter dem mächtigen Torbogen des Wertachbrucker Tores brach Johann Gossenbrod zusammen.

Erst jetzt schritt der Torwärter langsam und bedächtig auf ihn zu. Gossenbrod wand sich am Boden und schnappte nach Luft. Er langte zu dem Torwärter hinauf, versuchte sich an ihm festzuhalten, aber der Portner verweigerte ihm jegliche Hilfe.
Mühsam kroch Johann Gossenbrod durch das Tor, sein Gesicht blau angelaufen. Kaum hatte er das Gatter hinter sich gelassen, sauste es krachend herab.
»Ersticken sollst du!«, flüsterte der Torwärter Johann Gossenbrod nach. Laut getraute er es sich nicht zu sagen.

Erläuterung
Der Augsburger Johann Gossenbrod soll in Nördlingen einen Judenmord angezettelt und nach dem Pogrom alle daran beteiligten Bürger verraten haben. Gründe für sein Vorgehen sind nirgends genannt. Er erstickte in einem Wirtshaus in Oberhausen, in der Nähe von Augsburg.

Das Wunder von St. Ulrich

»Bert, schnell, komm her!«

Der Sailer Michel winkte aufgeregt seinem Nachbarn. Sein Holzspaten war an einem Stein abgerutscht, der jetzt aus dem gelblichen Erdreich hervorsah. Undeutlich konnte er darauf ein Bein erkennen. Er bekreuzigte sich, dann rief er wieder nach seinem Nachbarn.

»Jetzt komm doch her. Das ist ... ich weiß nicht, was es ist. Normal jedenfalls nicht.«

Ohne auf Bert zu warten, kniete sich der Sailer Michel auf den Boden und kratzte mit den Fingern die harte Krume vom Stein ab, spuckte darauf und wischte die Erde vom Stein. Er musste ehemals weiß gewesen sein. Langsam wurde die Gestalt deutlicher. Neben dem Bein stand ein Ziegenbock, darüber hielt eine Hand eine Art Geldkatze. Langsam erhob er sich und wischte sich mit dem Unterarm über die Stirn.

»Was ist?«

Mittlerweile war Bert doch neugierig herbeigeeilt. Wortlos deutete der Sailer Michel auf den Boden und zuckte mit den Schultern. Bert pfiff durch die Zähne.

»Ein Mensch!«

Der Sailer Michel schüttelte den Kopf.

»Nie und nimmer. Mit einem Ziegenbock? Wenn es nicht der Gottseibeiuns selbst ist!«

Der Sailer Michel nickte. Er sah Bert ins Gesicht. Blass war der geworden und seine Nasenflügel zitterten.

»Was sollen wir tun?«

»Wir holen den Bauleiter. Meister Kindlin wird wissen, was zu tun ist.«

»Bleib, wo du bist, Michel. Ich beeil mich!«

Der Sailer Michel fühlte sich unwohl. Er hatte nur die Aufgabe, an einem der alten Fundamente tiefer zu graben, um die Grube für die Säulenbasis der neuen Ulrichskirche zu schaffen, aber nicht, Teufelswerk zu bewachen. Trotzdem griff er nach seinem Holzspaten und begann, den Stein weiter freizulegen. Es war ein gewaltiger Kalkstein. Mit vorsichtigen Bewegungen schob er das Erdreich beiseite. Der Oberkörper erschien, dann der andere Arm. Als er den sandigen Lehm vom Gesicht abkratzte, erstarrte er und ließ vor Schreck den Spaten fahren. Vom Kopf ab standen zwei Hörner, die ihm entgegenzuwachsen schienen.

Der Sailer Michel blickte hoch. Um das Loch stand bereits ein Dutzend Arbeiter, die ihm zusahen und jetzt ebenso sprachlos waren wie er selbst. Bert hatte wohl im Vorübergehen den Handwerkern die Entdeckung zugerufen – und so etwas sprach sich in Windeseile herum. Leise wisperten die Stimmen durcheinander. Jeder kommentierte den Stein im Boden, so dass es in Michels Kopf bereits summte und brummte.

»Ein Toter!« – »Ach was, der Teufel, der Leibhaftige!« – »Ein schlechtes Zeichen!« – »Teufelszeichen! Schüttet das Loch zu!«

Der Sailer Michel fühlte wieder dieses Unwohlsein. Wie sollte auf dem Boden dieser Entdeckung je ein Gotteshaus entstehen? Als er hochsah, blickte er in die Gesichter der Neugierigen, die sich ihm zu Fratzen verzerrten. Rasch bückte er sich nach seinem Spaten, riss ihn hoch und wollte eben ausholen, um den Kopf mit den Teufelshörnern zu zerschmettern, als ein scharfes »Lass das!« ihn zurückhielt.

Der Baumeister Valentin Kindlin sprang zu ihm in die Grube und beugte sich hinab zu dem Stein. Er besah sich genau, was dort lag, dann fuhr er mit den Fingern über das Relief, befeuchtete es und rieb den sandigen Lehm ab. Nach einer genauen Prüfung begann er vorsichtig mit den Händen weiterzugraben. Langsam schälte sich ein Körper heraus, der im Stein lag wie in einer Backform. Die eine Hand war nach oben gerichtet und hielt einen Heroldsstab mit zwei Schlangen, die sich zur Acht wanden, die andere war vom Körper abgestellt und hielt die Geldkatze. Neben dem linken Bein erschien ein Hahn. Valentin Kindlin richtete sich auf und blinzelte gegen die Mittagssonne zu den Männern hinauf.

»Holt mir den Abt Mörlin von den Benediktinern! Rasch!«

»Also doch der Gottseibeiuns!«, flüsterten die Neugierigen am Rand der Grube und starrten hinunter.

Valentin Kindlin gab nichts auf das Geschwätz. Er beugte sich wieder hinab. »Und Ihr, Ihr besorgt mir einen Eimer Wasser und einen Lumpen«, wandte er sich halb an den Sailer Michel, »und schafft mir den Dreifuß her und sorgt für starke Seile und einen Flaschenzug. Und starrt keine Löcher in die Luft, sondern bewegt Euch!«

Der Sailer Michel sprang aus der Grube, griff einen der Eimer, mit denen sonst der Aushub fortgeschafft wurde, und lief hinüber zur Stadtmauer, dorthin, wo die Kanäle die Mauer durchbrachen. Die meisten bekreuzigten sich, als er an ihnen vorüberging.

»Der Böse wird uns den Bau verderben!«, flüsterten Stimmen.

Niemand auf der Baustelle grub mehr. Niemand rührte einen der Holzspaten an. Alle waren sie gekommen und standen um die Grube und starrten auf das Relief im Stein. Die Finger zeigten auf den Kopf und die beiden Hörner, die deutlich daraus hervorwuchsen.

Keinen Glockenschlag dauerte es, bis die Männer mit dem Dreifuß zurückkamen und Seile mitbrachten. Auch der Sailer Michel schleppte seinen Eimer heran. Valentin Kindlin reinigte mit Hilfe des Sailer Michel den Körper und grub unter dem Steinblock eine Durchreiche für das Seil.

Plötzlich bildete sich eine Gasse zwischen den Männern am Grubenrand. Abt Mörlin wurde hindurchgelassen. Er blieb am Rand der Grube stehen und sah zu Valentin

Kindlin und dem Sailer Michel hinunter, den Zweifel trug er wie eine Fahne vor sich her im Gesicht.
»Quod trovervitis? Was habt Ihr gefunden?«, begann er lateinisch.
»Statuam Romanam! Eine römische Statue! Vermutlich einen Merkur, mit Heroldsstab, Geldbeutel und zwei Tierattributen«, antwortete Valentin Kindlin ebenfalls auf Latein und blinzelte zu dem Benediktiner hoch. »Ich glaube aber nicht, dass wir das den Bauleuten sagen können. Niemand würde mehr dort arbeiten, wo man eine heidnische Gottheit gefunden hat. Die Helmflügel sind zudem abgeschlagen worden, und die Männer sind abergläubisch! Sie behaupten, es seien Teufelshörner.«
Abt Mörlin schnaufte unwillig durch die Nase, bemerkte aber rechtzeitig, dass die Männer um ihn herum ihn genau betrachteten.
»Lasst die Bauarbeiter und Steinmetze glauben, dass sie einen Engel vor sich haben«, schlug Kindlin vor.
»Ein angelus? Ein Engel?«
Der Begriff des »angelus«, des Engels, den der Abt und Valentin Kindlin benutzten, war den Männern aus der heiligen Messe geläufig, so dass ein Murmeln einsetzte. Leise wurde das Gehörte an den Nachbarn weitergegeben. Eine stille Ehrfurcht breitete sich aus. Kindlin sah um sich.
»Sie hoffen auf ein gutes Zeichen.«
Der Abt nickte und wandte sich bereits ab.
»Es ist also ein Engel?«, unterbrach der Sailer Michel die Gedanken Kindlins.
Der sah dem Bauarbeiter ins Gesicht, dann nickte er.
»Ein Engel! Ein wirklich gutes Zeichen!«
Auch der Abt wandte sich wieder um und nickte in die Runde der Bauarbeiter.
»Miraculum sanctum!«, murmelte er lateinisch, aber alle verstanden ihn. »Ein heiliges Wunder!«
Er verbarg die Hände unter den Ärmeln, senkte den Kopf, murmelte ein Gebet und schlug schließlich ein

Kreuz über der Fundstätte. Plötzlich kam Bewegung unter die Männer. Sie begannen den Dreifuß über der Grube aufzurichten. Einer warf Valentin Kindlin das Seil zu, das der Baumeister um den Stein schlang.

»Bringt den Merkur in den Klostergarten. Er soll dort aufgestellt werden. Und den Männern erzählt, dass es sich um ein Bauwunder handelt, das beweist, dass die Kirche gerade hier entstehen soll! Ich werde den Engel in meiner Sonntagspredigt erwähnen.«

Kindlin nickte und gab den Befehl, die Statue zu heben. Atemlose Stille herrschte unter den Männern, als das Seil ruckte, sich zu spannen begann und der Stein mit dem Relief vor den Augen der Bauleute aus der Grube schwebte. Auch die Augen des Abtes Mörlin leuchteten.

Erläuterung

Beim Ausschachten der Fundamente zum Bau der Basilika St. Ulrich fanden im Jahr 1466 Arbeiter einen Kalksteinblock mit einem Halbrelief. Es handelte sich um einen römischen Merkur mit Flügelhaube und Tierattributen, einem Ziegenbock und einem Hahn zu Füßen des Götterboten. Die Arbeiter glaubten, einen Engel vor sich zu haben und deuteten den Fund als gutes Omen für die Wahl des Platzes und das Gelingen des Kirchenbaus. Unter Abt Mörlin verhinderten die Benediktinermönche, dass die Marmorstatue wie sonst üblich zur Kalkgewinnung gebrannt und damit zerstört wurde. Der Reliefstein, der vermutlich in ein altes Fundament eingemauert gewesen war, gelangte in die Sammlung des Humanisten Peutinger und von dort aus ins Römische Museum, wo er heute noch zu bewundern ist.

Vom Perlachturm

Sigmund von Argon drückte sich in einen Türrahmen. Der Sturm riss an seinem Haar und den weiten Ärmeln seines Hemdes. Über ihm schlug eine abgerissene Fensterfüllung gegen die Brüstung und vermischte sich mit dem unablässigen Donnern des Himmels. Als der Wind etwas nachließ, trat Sigmund von Argon auf den Platz vor dem alten Rathaus hinaus und wurde sofort von den Sturmböen gezaust und gebeutelt, wie die Marktweiber unterm Perlach. Ein Bündel Suppengrün wurde von einem der Stände gerissen und flog ihm gegen die Brust.

»Holla, Weib. Auch wenn das Angebot günstig ist, ich bin kein Hase. Nehmt, was Ihr nicht halten könnt!«

Er lachte, obwohl ihm eigentlich zum Weinen zumute war, und reichte der Bäuerin das Grün zurück. Sie war eben damit beschäftigt, gelbe Rüben mit der linken Hand festzuhalten und mit der rechten das Dach herabzunehmen, damit es ihr nicht davongeweht wurde.

»A bled's Weddr. Wenn's no d'r Deifl holln dät!«, fluchte sie.

Auch Sigmund von Argon fluchte vor sich hin, während er sich gegen den Wind stemmte. Was er jetzt brauchte, war kein Sturm, sondern eine gute Idee, damit ihn sein Bruder nicht von der Türschwelle wies. Dabei waren dreihundert Gulden rheinisch nicht die Welt und seinem Bruder Anton taten sie nicht weh, schließlich waren die von Argons wohlhabend. Bis auf ihn selbst. Er war nur Zweitgeborener und schon deshalb ein ständiger Bittsteller.

Ganz in Gedanken versunken, konnte er nicht mehr ausweichen, als eine der Marktfrauen vor ihm umgerissen wurde und ihm vor die Füße fiel. Er stürzte über sie. Ihr hochwehender Rock hüllte ihn ein. Sie kreischte und Sig-

mund von Argon wusste nicht recht, wie ihm geschah, als er links rechts zwei Ohrfeigen einfing. Er lag noch auf dem Rücken, als die Bäuerin sich mit hochrotem Kopf erhob und ihn anfauchte:
»Luschtmolch, beaser!«
Dreihundert Gulden benötigte er, und jetzt war seine Kleidung ebenfalls beim Teufel, weil ihn die Alte in den Dreck geworfen hatte. Sigmund von Argon schloss die Augen und ergab sich seinem Schicksal. Als er sie wieder öffnete, lag er noch immer auf dem Rücken und blickte auf. Über ihn weg flog Spreu, das zum Schutz der Eier verwendet worden war, Decken und Schindeln jagten dahin und zwischen all diesen Gegenständen ragte der Turm des Perlach auf. Als er den Turm musterte, verschlug es ihm beinahe die Sprache. Er hatte heute noch nichts getrunken. Außerdem lag er auf dem Rücken. Folglich schwankte nicht er, sondern der Perlachturm unter dem Druck der Orkanböen, leicht nur, aber doch deutlich sichtbar. Und plötzlich überfiel Sigmund von Argon ein Gedanke, der ihn nicht mehr losließ.
Rasch rappelte er sich auf und stürzte auf das Haus seines Bruders zu, das keine hundert Fuß vom Platz entfernt seinen Giebel gerade noch in Reichweite des Perlachs in die Straße hinein schob. Er pochte wie rasend an der Tür, bis seine Schwägerin verstört öffnete.
Kaum schwang die Tür auf, schrie Sigmund von Argon aus Leibeskräften:
»Der Turm schwankt! Der Perlach stürzt ein!«
Sigmund von Argon hatte so laut geschrien, dass der Sturm den Marktweibern die Worte ebenfalls zutrug. Sie hielten mit ihren Arbeiten inne und sahen zum Turm hoch. Sigmund erkannte, wie sie sich bekreuzigten und zurückwichen. Sein Ruf pflanzte sich fort. Metzgertische, Lägel und Planen wurden fahren gelassen und in dem Augenblick vom Sturm erfasst und durcheinander geworfen. Alles starrte nur noch hinauf zum Perlach.
»Der Perlach fällt ein!«

Und er selbst deutete für seine Schwägerin auf den Turm und schrie ihr ins Ohr:
»Hol Anton! Der Turm fällt auf Euer Haus, Schwägerin! Wir treffen uns am Weinstadl!«
Margarete wurde eine Spur blasser, als sie sonst war, eilte zurück ins Haus und die Treppen hinauf. Sigmund nutzte die Gunst der Stunde. Niemand achtete auf ihn, und seine Schwägerin erwartete ihn am Weinstadl. Unerkannt schlüpfte er ins Nähzimmer rechts von der Tür und wartete ab, bis sich die Hausleute mit Poltern und Kreischen aus dem Staub machten. Selbst die hechelnde Eile seines Bruders entging ihm nicht.
Durch das Fenster sah er, wie die Marktweiber alles stehen und liegen gelassen hatten und aus sicherer Entfernung zur Turmspitze hinaufsahen.
Sigmund von Argon wartete noch einen Augenblick, bis das Haus ruhig wurde, dann trat er aus seinem Versteck und stieg die Treppen hinauf. Er empfand ein gewisses Hochgefühl seiner Idee wegen, die ihn ungestört seine Probleme regeln ließ. Zielsicher betrat er die Schreibstube seines Bruders. Er kannte sich aus. Schließlich war er hier aufgewachsen. Selbst die Geldkiste stand noch an ihrem Platz und ein Griff bestätigte ihm, dass der Schlüssel noch unter dem Schreibpult hing, wo ihn sein Vater schon versteckt gehalten hatte.
Er nahm ihn an sich, trat vor die Kiste, stieß den Schlüssel ins Schloss und wollte eben den Deckel der Truhe öffnen, als ihn eine Stimme zurückhielt:
»Was sich biegt, bricht nicht! Das ist ein altes Sprichwort, Bruder. Und man sollte es beherzigen.«
Sigmund von Argon fuhr herum. Hinter ihm stand Anton mit einem Ausdruck abgrundtiefer Verachtung.
»Ich hoffe, Bruder, Ihr wolltet nur prüfen, ob die Truhe verschlossen ist. Ansonsten dürft Ihr mir zum Henker folgen. Wer den Bruder bestiehlt, entehrt nicht nur die Familie, sondern Gott!«
Sigmund von Argon schnellte hoch, seine Hand fuhr

zum Dolch, den er einstecken hatte. Aber bevor er diesen ziehen konnte, erhielt er mit der flachen Seite des Schwertes bereits einen Schlag gegen den Kopf, so dass er bewusstlos niederfiel.
»Jedes Lügengebäude stürzt in sich zusammen, wenn man es zu sehr strapaziert!«, war der einzige Kommentar Anton von Argons, »dazu braucht es keinen Sturm!«

Erläuterung

Am 1. Mai 1471 soll der Perlach bei einem Orkan geschwankt haben. Metzger und Marktfrauen hätten bei der Warnung »Der Turm fällt ein!« ihre »Lägel«, sprich Stände unter dem oder beim Perlach, verlassen und seien außer Reichweite gelaufen. Doch der Turm hielt stand. Man vermutet jedoch, dass Sigmund von Argon, ein Spross aus einem Augsburger Patriziergeschlecht den Satz in Umlauf gebracht hat, um bei seinem Bruder Anton einbrechen und diesen bestehlen zu können. Er wurde dabei ertappt und zum Tod durch Köpfen verurteilt. Nicht zuletzt die guten Verbindungen zum Rat der Stadt und die Fürsprache des Bruders führten zur Begnadigung und Freilassung Sigmunds von Argon.

Die flüsternden Mauern

Valentin Kindlin erwachte diesen Morgen mit einer inneren Unruhe, die ihn selbst die Hafergrütze zum Frühstück stehen ließ. Draußen stürmte es, dass die Fensterläden schepperten. Er trat auf den Weinmarkt hinaus und sah hinüber zur Baustelle. Die Mauern von St. Ulrich und Afra waren schon so hoch aufgezogen, dass die Zimmerer und Dachdecker sich bereits Gedanken machten über Art und Form des Dachstuhls. Sogar die Ziegel für die Deckung waren bestellt und Kindlin wusste, dass auf dem Hochfeld draußen die Feuer in den Lehmbrennöfen nicht mehr ausgingen.
Der Wind riss scharf an Mauern und Gerüsten der Steinmetzen und Maurer. Dafür würde es kühler und schattiger bleiben, als es die letzten Tage gewesen war.
Und trotz des Triumphes, den er in sich fühlte, weil die Pläne Hans von Hildesheims, der die hohen Wände mit den spitz zulaufenden Fenstern des Langhauses erdacht hatte, unter seinen Händen eine solch vollendete Form gefunden hatten, wollte sich keine rechte Freude einstellen. Eine Unruhe peinigte ihn. Und der Sturm kam ihm nicht zupass.
Kaum war er auf die Straße getreten, als Birger auf ihn zugelaufen kam, sein krummbeiniger und etwas humpelnder Adlatus.
»Herr, kommt, sofort! Die Wände sprechen wieder. Ihr müsst Euch eilen.«
Kindlins Herz schlug sofort einen rasenden Takt. Die Wände sprachen! Seine Steinmetze machten ihn noch verrückt damit. Seit gut drei Wochen wurde über nichts anderes mehr geredet als davon. Zuerst hatte er es für einen Unsinn gehalten, für das abergläubische Geschwätz der Gesellen und Meister, die trotz ihres Christentums in so manchem Aberglauben verfangen waren, aber dann

hatte ihn Birger eines Nachts holen lassen – und er hatte dieses feine Wispern selbst vernommen, das direkt aus den Mauern zu kommen schien. Seither ging es ihm wie mit einem Mühlstein im Kopf herum. Was konnte es bedeuten? Denn dass sich die Mauern nicht tatsächlich miteinander unterhielten, war für ihn selbstverständlich. Er fand nur keine natürliche Erklärung dafür.

»Welche Mauern, Birger?«

Valentin Kindlin fiel in einen schnellen Trab, der ihn sofort atemlos machte.

»Auf der Südfassade, Herr!«

Kindlin nickte und rannte so schnell es seine Körperfülle zuließ zur Baustelle. Kurz davor hielt er inne, stützte sich mit den Händen auf den Knien ab und rang nach Atem.

»Diese Eile bringt mich noch um!«

Die Steinmetze hatten bereits die Gerüste verlassen und waren heftig miteinander im Gespräch. Aus dem Inneren der Kirche drang bereits der Gesang der Frühmesse. Als sich Valentin Kindlin schwer atmend näherte, verstummten die Handwerker sofort. Ohne sich über die Arbeitsunterbrechung aufzuregen, schritt Kindlin durch das Kirchenschiff und trat zur Südfassade. Hier, im Kirchenraum, war es weitgehend windstill. Auf seinen Wink hin folgte ihm Meister Hans, der älteste und erfahrenste Steinmetz der Bauhütte.

Schon wenige Schritte von der Fassade entfernt konnte Valentin Kindlin das Knistern und Wispern der Mauern vernehmen, das selbst den Predigtton des Kaplans übertönte. Er legte das Ohr an die Steinmauer. Aus dem Inneren der Wand hörte er ein Auf und Ab von tiefen und hohen Stimmen, als würde eine Heerschar von Zwergen sich streiten.

»Was haltet Ihr davon, Meister Hans. Ihr habt schon so manche Kirche aufgeführt. Sagt mir, was Ihr denkt!«

Meister Hans sah Valentin Kindlin an und dann die Mauer.

»Kommt mit, Herr. Ich will Euch etwas zeigen. Ich glau-

be nicht an den Spuk und nicht an die Geister. Ich habe manches Wunder gesehen, aber noch nie eine sprechende Mauer.«

Er führte Baumeister Kindlin und Birger zu einem der Fensterdurchbrüche. Kindlin erkannte, dass dort von den Rippen des Maßwerks herab Schnüre hingen, an deren unterem Ende Senkbleie befestigt waren. Die Bleigewichte schwangen leicht hin und her.

»Seht Ihr die Senkbleie, Herr? Ich habe sie an den Bogen eingeschlagen und frei hängen lassen. Sie bewegen sich. Sie tun es immer dann, wenn die Mauern wispern.«

»Sie pendeln im Wind, Meister Hans!«

»Nein! Sie hängen so, dass der Wind sie nicht erreicht.«

»Und was schließt Ihr daraus?«

Meister Hans senkte verlegen den Kopf, als getraute er sich nicht, dem Baumeister direkt in die Augen zu sehen.

»Ihr werdet es mir ohnehin nicht glauben.«

Valentin Kindlin wurde ärgerlich.

»Warum glaubt Ihr, habe ich Euch mitgenommen? Damit Ihr mich anlügt und in Sicherheit wiegt? Heraus mit der Sprache.«

Meister Hans schwieg einen Moment, dann flüsterte er, als könne er die Wahrheit nicht laut hinausposaunen.

»Die Mauer flüstert, weil sie schwankt. Sie ist zu dünn und zu wenig abgefangen. Sie biegt sich im Wind oder wenn die Sonne den Stein erwärmt. Die Pläne Hans von Hildesheims enthalten vermutlich Fehler.«

Valentin Kindlin blieb der Mund offen stehen. Er hatte daran gedacht. Es war das, was in seinen Träumen der letzten Tage immer wieder geschehen war, dass nämlich das Hauptschiff in sich zusammenfiel und alle und alles unter sich begrub. Natürlich. Die Wände sprachen, weil durch die Schwankungen die Steine aneinander rieben. Er hob den Blick, sah auf die Senkbleie, die im Bogen pendelten und im selben Moment schrie er:

»Verlasst die Baustelle! Verlasst die Baustelle! Alle raus. Sofort!«

Wie ein Wahnsinniger gebärdete sich Kindlin. Er rannte durch die nach oben offene Halle und schrie sich die Seele aus dem Leib. Der Kaplan sah nicht einmal auf, als Kindlin auf ihn zu rannte und versuchte, ihn aus der Halle zu zerren. Er hielt die Hostie in der Hand und wandelte eben das Brot in den Leib Christi. Ärgerlich schüttelte er den Baumeister ab und fuhr fort. Verständnislos entfernte sich Valentin Kindlin und versammelte alle, die am Bau der Kathedrale beteiligt waren, in einem sicheren Abstand vor dem Bauwerk.
»Steinmetze, Zimmerer, Kalker, Seiler ... niemand betritt das Gotteshaus, bevor ich nicht die Herren vom Rat und die hohe Geistlichkeit des Konvents zusammengerufen habe.«
Die Männer standen unschlüssig herum. Niemand wagte, ein Wort zu sagen, so finster und verschlossen wirkte Kindlin. Nur Meister Hans nickte.
Der Wind fuhr in die Straße am Weinmarkt und riss an den Haaren der Männer und am Dach des Salzstadels. Valentin Kindlin sah zu St. Ulrich hinauf. Die Gerüste schwankten. Als er den Handwerkern den Rücken kehrte, um sich zum Rathaus zu begeben, ließ der Wind für einen kurzen Augenblick nach. Im selben Moment erfüllte ein Grummeln die Luft und ein Bersten und Krachen, dass sich die Handwerker erschrocken nach der Fassade umdrehten. Mit gewaltigem Getöse lösten sich Steine aus der Wand und polterten abwärts. Langsam begann die Fassade zu wanken und fiel in sich zusammen. Nur Valentin Kindlin drehte sich nicht um. Er wusste was geschah.

Erläuterung

1467 wurde nach den Plänen Hans von Hildesheims, Werkmeister der Stadt Augsburg, der Neubau der Ulrichskathedrale begonnen. Leitender Baumeister war Valentin Kindlin. Am 29. Juni 1474 war die Kirche beinahe fertig gestellt, als sie während eines Sturms fast vollständig einstürzte. Die Mauern begruben zwei Geistliche und dreiunddreißig Gläubige unter sich. Valentin Kindlin führte den Bau dann nach dem ursprünglichen Plan weiter, bis 1477 Burkhard Engelberg als Werkmeister der Stadt Augsburg und Nachfolger Hans von Hildesheims die Bauleitung übernahm.

»Drei Mohren«

Der Torwächter wäre am liebsten wieder in den Leib seiner Mutter zurückgekrochen. Als altgedienter Soldat hatte er schon viel Schreckliches in Kriegen und Schlachten gesehen. Aber die vier Gestalten, die sich aus dem nebligen Dunst dieses Frühlingsmorgens lösten und auf das Haunstetter Tor zuliefen, ließen sein Blut gefrieren und es ihm grausam kalt den Rücken hinunterlaufen. Vier schwarze Kutten schritten über die Brücke, darin steckten vier schwarze Gesichter. Und vier dunkle Hände hielten je einen Wanderstab aus Ebenholz. Ihm war, als käme der Satan vierfach auf ihn zu. Als die unheimlichen Männer die Brücke betraten, läuteten hinter dem Wächter die Glocken von St. Ulrich zum Abendgebet. Beim ersten Läuten knieten die Wanderer nieder, wo sie standen, bekreuzigten sich und beteten, was den alten Soldaten etwas beruhigte.

Kurz darauf sprachen sie ihn an, aber der Torwächter verstand nichts von der fremden Sprache. Er wusste aber, dass der Gelehrte Conrad Peutinger, der zu der Zeit in der Stadt lebte, verschiedene Sprachen beherrschte. Er deutete in Richtung Dom und schickte die vier Wanderer mit einem Torjungen und dem Namen »Peutinger« in die Stadt hinein. »Peutinger, Peutinger«, wiederholte jeder von ihnen, und dann liefen sie hintereinander durchs Tor und hinter dem Jungen her die Straßen entlang. Wo sie von den Städtern bemerkt wurden, verstummten die Gespräche und man starrte ängstlich in ihre dunklen Gesichter.

Aber am Abend dieses und der folgenden Tage und Wochen waren sie das Gespräch in den Schankstuben der Stadt:

»Habt ihr gehört, Brüder, Mönche sollen es sein! Dabei sind sie schwarz wie das Bier aus dem Thorbräu«.

Der Fuhrknecht nahm einen tiefen Schluck aus seinem Glas.
»Aus Abessinien! Wo das auch liegen mag! Verbrannt von der Sonne«, ergänzte ein Sattler daneben und vom Nachbartisch des Gasthauses Minner in der Steinhausgasse drehte sich der Torwächter vom Haunstetter Tor um und meinte:
»Aber denselben Gott beten sie an wie unsereiner. Ich hab's gesehen, wie sie sich bekreuzigt haben.«
Und so ging es in der Runde weiter, die die Gaststube füllte und vorsichtig nach oben spähte, in den ersten Stock, wo sie die Mönche vermuteten. Dorthin hatte nämlich der Conrad Peutinger die Schwarzen gebracht.
»Unheimlich ist es, seit sie hier beim Minner eingezogen sind.«
»Dabei sehen sie aus ...«
»... und verhalten sich so, dass man sich fürchten muss!«
»Wovor müsst Ihr Euch fürchten?«, dröhnte der Bass des Stadtschreibers in die Wirtsstube hinein. Er kam gerade die Treppe herab. »Ich habe sie beim Siegmund Minner einquartiert, weil er das ordentlichste Haus in der Stadt führt. Sie bezahlen mit Gold und sind ehrliche Christenmenschen!«
»Mag sein, Herr. Aber sie sind trotzdem schwarz.«
»Bei denen ist nur die Haut schwarz, Fuhrknecht. Bei Euch ist es die Seele! Nur weil sie Euch fremd erscheinen ...«
»Aber die schlafen auf dem Boden!«
»Ja, keiner hat seither das Bettzeug auch nur angerührt.«
Conrad Peutinger winkte nach einem Bier und setzte sich zu den Männern.
»Sie leben so, wie sie es von zu Hause her gewöhnt sind. In ihrem heißen Lande sind warme Betten und Bettdecken nicht Brauch. Außerdem haben sie ein Gelübde getan: die Reise nach Augsburg zu unternehmen und keine Bequemlichkeiten anzunehmen. Sie pilgern jeden

Tag zum Dom, lesen dort die Messe, beten, nehmen die Eucharistie und kommen wieder hierher. Die einzigen, die Angst verbreiten, sind Kinder und Erwachsene, die die Mönche mit Steinen bewerfen.«
»Und wie unterhaltet Ihr Euch mit ihnen?«
»Auf Latein, der Sprache aller gelehrten Männer dieses Erdballs, mein Freund!«, sagte er, trank aus und verließ die Schankstube.
So verging der Sommer. Man gewöhnte sich an die koptischen Mönche und ihren täglichen barfüßigen Pilgergang zum Dom. Der November riss die letzten Blätter von den Bäumen, die Tage wurden kürzer. Vom Lech hoch zogen die Nebel, begruben die Stadt für Wochen unter sich und ließen kaum Sonnenlicht hindurch. Der erste Schnee fiel in großen Flocken, blieb liegen und bald waren Stadt und Umland tief verschneit. Die Sonne verbarg sich am Winterhimmel. Immer noch gingen die Mönche zum Dom, um dort zu beten, aber ihre Blicke wurden schwermütig, die Schritte schleppend und das Schwarz ihrer Haut bleichte zu einem flockigen Grau aus. Man konnte sehen, dass sie von Heimweh nach ihrem Abessinien gepackt wurden.
Aber die Unglücklichen konnten den kalten Fingern der Stadtmauern und Stadttürme nicht entrinnen. Dann, Anfang Dezember des Jahres 1495, rissen die Nebel plötzlich auf, und mit trügerischer Wärme gleißte und lockte die Sonne. Kurz vor Sonnenuntergang platzte einer der Steinmetzen vom Ulrichsbau in Winners Schankstube:
»Sie sind zum Tor hinaus, Winner. Alle vier. Als wollten sie spazieren gehen, barfuß und nur mit ihren dünnen Kutten.«
»Mein Gott«, murmelte der Gastwirt. Noch konnten die Mönche nicht weit sein. Aber wenn die Nacht hereinbrach, würden sie unweigerlich erfrieren. Entschlossen rief er in den Schankraum hinein:
»Wir müssen ihnen nach. Ich geh gleich mit.«
Zwei Männern in der Schankstube versprach er je ein

Bier, wenn sie den Conrad Peutinger benachrichtigten. Dann warf er sich seinen Mantel über und eilte zur Tür hinaus.
Die Männer liefen so schnell es der tiefe Schnee zuließ vor die Stadt und hinauf zum Hochfeld. Nicht lange und in der Ferne erblickten sie vier schwarz gekleidete Gestalten.
Als der Wirt die vier endlich erreicht hatte, die mühsam barfuß durch den hohen Schnee pflügten, sah er, dass einer wohl vom Schlag getroffen worden war und von seinen Kameraden nur noch an der Kutte gehalten und nachgeschleift wurde.
»Kehrt um«, rief Minner ihnen zu, »ihr rennt wie Euer Kamerad statt in das heiße Abessinien in die eisige Todesnacht!«
Die erschöpften Mönche verhielten den Schritt und blickten lange in die versinkende Sonne hinein, verstanden aber die Warnung. Ihre Hoffnung, noch vor dem Abend ihr Sonnenland zu erreichen, war geschwunden. Aber erst als sie sahen, dass der vom Schlag Getroffene nicht mehr lebte, ließen sie sich widerwillig überreden und kehrten mit Minner zurück in die Stadt.
Die drei Mönche lebten noch lange in Augsburg, und der Gastwirt Minner machte sich den Spaß und erzählte seinen Gästen jeden Abend die Geschichte der vier Mohren. Und damit er von den drei Gästen auch profitierte, machte er alsbald eine Eingabe an die Stadt. Und eines Abends verkündete er stolz:
»Ich werd den Namen ändern!« Er schwenkte ein Blatt Papier. »Hört zu! Der Rat der Stadt hat's genehmigt. ›Zu den drei Mohren‹ soll sie künftig heißen, meine Gastwirtschaft«.
Dann schenkte der Minner zur Feier des Tages Freibier aus, das Dunkle aus dem Thorbräu. Ein Hallo und Bravo wurde gerufen, dass die Wände zitterten und die drei Mönche im ersten Stock glaubten, die Welt gehe unter.

Erläuterung

Die drei Mohren sollen in Augsburg verstorben sein. Seit 1495 ging die Wirtschaft des Siegmund Minner gut. Der neue Name wirkte sich belebend auf das Schank- und Übernachtungsgeschäft aus. Ein Nachfahre des Gastwirts Minner, Andreas Wahl, kaufte sich um 1722 das gegenüberliegende Grundstück auf dem Weinmarkt und errichtete dort sein Gast- und Wirtshaus. Bis heute heißt es »Drei Mohren«.

Die Ägypterleute und das Weihnachtsfest

Haben hinter Euren Mauern Ägypterleute Quartier genommen?«

Die beiden Reiter stiegen von den Pferden und riefen ihre Frage Leonhard zu, dem Portner am Haunstetter Einlass. Der streckte seine Nase durch die vergitterte Wärtertür.

»Wer seid Ihr? Was wollt Ihr? Und wen meint Ihr mit Ägypterleuten?«

»Wir kommen aus Kempten. Wir suchen nach einer Familie von Fahrenden. Sie sehen wild aus, schwarzhaarig und dunkelhäutig und tragen ein Papier bei sich, das vom apostolischen Stuhl aus Rom sein soll. Sie sagen, sie kämen aus dem Heiligen Land und von noch weiter her aus Ägypten und India. Wir nannten sie deshalb Ägypterleute.«

»Und was wollt Ihr von den Ägypterleuten?«

Noch vor Kälte zitternd und in den Bärten schneeigen Frostreif, standen die beiden Reiter auf der Torbrücke. Die Pferde scharrten mit den Hufen auf der Holzbrücke.

»Lasst uns ein, wenn Euch Euer Hab und Gut etwas wert ist!«

Leonhard, der Portner, legte den Kopf schief und fasste den Spieß fester. Die beiden sahen nicht so aus, dass man sofort Zutrauen zu ihnen fassen konnte.

»Wir haben den ersten Weihnachtsfeiertag. Und da bleiben die Tore üblicherweise geschlossen«, rief er ihnen über das Gitterfenster der Wachstube zu.

»Seid nicht stur, Portner. Gebt uns Auskunft. Sind die Ägypterleute in der Stadt?«

»Wir haben sie aufgenommen, wenn es die sind, die Ihr meint, wie es unsere christliche Pflicht gebot. Vor allem in

den Tagen, da Jesus und Maria auf Wanderschaft waren und Herberge gesucht haben. Es ist ein strenger Winter, der strengste seit Jahren. Sie wären sonst vor den Mauern erfroren. Man war großzügig und hat sie auf Zunftkosten bei den Handwerkern der Stadt beherbergt.«
Die beiden Männer, die Pferde am Zügel, sahen einander an.
»Und sie waren dankbar dafür und haben Dinge angeboten, die für Gläubige von besonderem Wert sind. Sand aus dem Garten Gethsemane, Wasser aus dem Jordan, ...«
Leonhard steckte vor Staunen seinen Kopf durch das Gitter, um die beiden genauer betrachten zu können.
»Natürlich ... und Olivenholzsplitter vom Kreuz Christi. Hier, auch ich ...«
Er langte in seine Seitentasche, die er umhängen hatte, und wollte den Holzsplitter herausnehmen, den er selbst erstanden hatte. Ein hämisches Gelächter hinderte ihn daran.
»Ihr Toren! Würde man alle Splitter zusammensetzen, die die Ägypterleute schon an Leichtgläubige wie Euch verkauft haben, könnte man nicht nur ein Kreuz davon machen, sondern einen ganzen Wald.«
Leonhard, dem Portner, blieb der Mund offen stehen. Er begriff durchaus, was die beiden Reiter damit sagen wollten.
»Wer gläubig genug ist, darf sich solche Kleinodien wohl kaufen«, verteidigte er sich. »Außerdem waren sie entgegenkommend. Sie haben ein Krippenspiel aufgeführt, erst gestern, zum Heiligen Abend.«
Der Fremde aus Kempten trat von einem Fuß auf den anderen. Der Wind trug Schneefahnen über den zugefrorenen Graben bis vor das Tor. Er zog den Mantel fester. Das Pferd hinter ihm senkte den Kopf.
»Sie haben sich ihre Darstellung bezahlen lassen, vermute ich. Je eine Kupfermünze für jeden Gaffer, und der Raum war gerammelt voll, nicht?«
Der Portner staunte. Woher wusste der Fremde das?

Er selbst erinnerte sich, dass die Dielenbretter geknarrt hatten vom Gewicht der Gaffer, die alle ihren Kupferpfennig entrichtet hatten, um das Krippenspiel zu sehen. Gebannt hatte auch er, Leonhard, auf das Schauspiel geblickt, das die Ägypterleute ihnen geboten hatten.
»Und hatten sie nicht ein Kind dabei, Portner? Ein lebendes Jesuskind, das in den Armen der Mutter Maria lag und geschrien hat? Wundmale auf der Stirn und an den Händen.«
Nein, geschrien hatte es nicht, erinnerte sich der Portner. Maria war auf dem Stroh gesessen und auf ihrem Schoß, an der entblößten Brust, hatte das Kind gelegen, mit Wundmalen auf Stirn und Händen, das friedlich und still getrunken hatte. Die spärliche Kerzenbeleuchtung hatte die Szene flackern lassen, so dass der Eindruck entstanden war, das Kind lebe. Hinter Maria waren Ochs und Esel gelegen, aus Stroh gefertigt und so lebensecht, dass er selbst den Stallgeruch wahrgenommen hatte. Und vor der Szene war Josef gestanden, der verkleidete Führer der Ägypterleute, der ihm und den Ratsvertretern die Woche zuvor am Haunstetter Einlass den Papstbrief vorgelegt und nichts weiter begehrt hatte als Schutz, Unterkunft während dieser vorweihnachtlichen Kälte und eine bescheidene Verpflegung. Aus Dankbarkeit hatten sie angekündigt, dieses Bild vor der Mitternachtsmette am Heiligen Abend nachzustellen und zu zeigen.
»Portner, he, seid Ihr eingeschlafen oder erfroren? Habe ich Recht?«
»Ihr habt Recht!«
Der Reiter sah zu seinem Gefolgsmann um. Sie blickten sich vielsagend an.
»Seit wann sind sie in der Stadt, die Ägypterleute? Seit zwei Wochen oder drei?«
»Seit zwei Wochen. Ihr fragt, als hättet Ihr einen Grund dafür.«
Der Reiter fuhr sich mit der Zunge über die Lippen.

»Haben wir, Portner, das haben wir. Das Kind ...«, er zögerte. »Es ist uns geraubt worden.«
Jetzt mischte sich auch der zweite Mann ein, der bislang hinter dem Fremden gestanden und nur zugehört hatte.
»Und nicht nur das. Auch Preziosen, Geld, Schmuck, Kirchensilber hat sie mitgenommen, diese Brut!«
In den Augen des Fremden funkelten Hass und Begehrlichkeit gleichermaßen. Trotzdem hatten die beiden Männer ihn unsicher gemacht. Wenn es stimmte, dann waren die Bürger der Stadt in Gefahr – und davor mussten sie bewahrt werden.
»Ich öffne das Tor. Meldet Euch beim Stadtpfleger!«
Leonhard, der Portner, schob den Riegel beiseite und ließ die Männer hindurch, deren Gesichter blaugefroren waren und unter einer weißen Schneeschicht beinahe verschwanden. Obwohl ihn das Gewissen gegenüber den Bürgern drückte, wurde er das Gefühl nicht los, dass die beiden Gestalten mit ihren Kleppern nicht die ganze Wahrheit sagten.
Er sah sie zur Oberstadt hinauf verschwinden. Er wollte schon das Tor wieder schließen, als ihn eine Hand an der Schulter berührte. Leonhard fuhr herum. Hinter ihm stand der Führer der Ägypterleute.
»Ich habe alles mitgehört«, sagte er. »Es sind böse Menschen. Sie haben gestohlen und wir werden dafür gesucht.«
Leonhard sah in die dunklen Augen des Mannes. Darin spiegelte sich die weiße Schneewelt des Haunstetter Tores und sein eigenes Gesicht, das voller Zweifel war.
»Und das Kind mit den Narben?«
Der Führer seufzte.
»Eine Puppe. Nur eine Strohpuppe, mehr nicht. Der Kerzenschein macht sie lebendig, und die Hand Marias. Sie spielt das Kind, während sie es stillt.«
Leonhard der Portner nickte. Er sah an dem Führer vorbei und gewahrte hinter ihm die Gruppe der Ägypterleute, die langsam herangekommen war.

»Wir müssen gehen, bevor die beiden Männer uns wieder beim Rat anschwärzen!« Er lachte. »Vielleicht sind wir deshalb so dunkel, weil wir immer und überall angeschwärzt werden! Lasst uns bitte durch.«
Der Portner zögerte. Dann nahm er den Riegel beiseite, der noch nicht ganz eingerastet und festgestellt war, und öffnete das Tor. Der Führer der Ägypterleute nickte stumm, dann trat er auf die Brücke hinaus. Seine Sippe folgte ihm, bepackt mit den wenigen Habseligkeiten, die sie zwei Wochen zuvor mitgebracht hatten. Nicht einer sah den Portner an, als sie das Tor durchschritten, weder Frau noch Mann noch Kind. Als sie auf der Brücke waren, drehte sich der Führer um und winkte Leonhard. In diesem Augenblick begann bei den Ägypterleuten ein Kind zu weinen. Es schrie erbärmlich und war nicht mehr zu beruhigen. Leonhards Herz klopfte plötzlich heftig. Rasch schlug er die Pforte zu und schob den Riegel vor.
Er schloss die Augen. Hinter den Lidern war alles schwarz. Er hielt sich die Ohren zu, schließlich war es der erste Weihnachtsfeiertag, und er wollte an etwas Schönes denken.

Erläuterung

Laut Sage trafen um 1500 herum die ersten Roma in Augsburg ein. Man nannte sie ihrer Herkunft und ihres angeblichen Schutzbriefes wegen Rom- oder Ägypterleute. Sie wurden gut aufgenommen, beherbergt und verpflegt, aber bereits bei ihrem ersten Aufenthalt verleumdet. Ihnen wurden Diebstähle und der Raub eines Kindes nachgesagt. Bewiesen werden konnte nie etwas, außer dass sie, wie damals nicht unüblich, einen schwunghaften Handel mit gefälschten Reliquien betrieben.

Ulrichserde

Geräuschlos öffnete sich die Tür zur Sakristei. Kerzenschein fiel in die nachtschwarze Kathedrale und wurde gleich hinter der Tür von der gewaltigen Architektur verschluckt. Einen kurzen Moment gähnte das lichterfüllte Portal in der Wand, dann traten vier Mönche daraus hervor, die Kapuzen über den Kopf gezogen, jeder mit einem Kerzenhalter in der Hand, und schritten stumm durch den Kirchenraum. Die Tritte der Ledersohlen verursachten ein wisperndes Flüstern im Gewölberund.

Die Turmglocken schlugen an und ließen die Flammen der Kerzen flackern. Plötzlich schien sich das Innere der Kathedrale zu beleben. Die Heiligen auf den Bildern bewegten sich, die Figuren der Altäre nickten mit den Köpfen und die Steinsäulen schienen sich mit wellenartigen Bewegungen zum Himmel zu strecken und kurz ihre Funktion als Träger der Deckenwölbung aufzugeben.

Die Mönche achteten kaum darauf. Die Prozession schritt zielsicher auf die Unterkirche zu und Kerze für Kerze verschwand mit ihrem Träger in der Grablege des heiligen Ulrich. In die Kirche kehrte die düstere Nachtstimmung zurück, die von den vier Gestalten verdrängt worden war.

Die vier Mönche versammelten sich in der Unterkirche um den Sarkophag des Heiligen. Der Mönch, der dem Sarg am nächsten stand, entzündete einen weiteren Kerzenhalter mit vier Talglichtern, die den Raum in eine unruhige Helligkeit tauchten.

»Der Sarkophag ist leer und auch aus dem Grab selbst können wir keinerlei Staub mehr kratzen. Und doch hat der Mariendom für sein Gestühl vier Säckchen Erde angefordert, die Kathedrale in Reims acht und die in Straßburg drei, Bruder Prior.«

Der Prior streifte sich die Kapuze vom Kopf und trat einen Schritt auf den Sarkophag zu.
»Sie ist begehrt.«
»Sie ist begehrt, weil sie hilft, Bruder Prior.«
»Angeblich hilft, Bruder Anselm, angeblich. Ihr wisst, dass der Glaube an die Dinge oft mehr bewirkt als die Dinge selbst.«
Der Prior beugte sich über den Rand des Sarkophags. Das Innere war fein säuberlich ausgekehrt und jedes Stäubchen verwendet. Die Knochen, die man darin gefunden hatte, waren geborgen und in ein Behältnis umgebettet worden. Es ruhte im eigens dafür geschaffenen Altarunterbau. Dass die Menschen die Erde, die aus dem Sarkophag stammte und aus dem Grabloch herausgekratzt wurde, gegen Pest, Ratten und Mäuseplagen verwendeten, hatte mehr mit Aberglauben zu tun als mit Christentum. Niemand wusste, wer als Erster auf diese Art der Verwendung verfallen war. Aber in einer Zeit, in der die Heiligen inflationär überhand nahmen, musste man für den Ruf Alteingesessener etwas tun. Und so war das Gerücht über die Wundertätigkeit der Ulrichserde ein Segen gewesen.
Dabei hatte es erst vor einigen Jahren begonnen, und heute standen die Menschen Schlange, kauften wenige Krümel der Erde für teueres Geld. Das tat dem Ruf des heiligen Ulrich gut und der Klosterkasse ebenfalls.
»Momentan müssten wir den Verkauf einstellen, Bruder Prior.«
Der Prior fuhr sich mit der Hand übers Gesicht, das grau und übernächtigt wirkte. Die übrigen Benediktinerbrüder konnten sehen, dass sich der Klostervorsteher die Entscheidung nicht leicht machte, dass er zögerte und um eine Lösung rang.
»Woher kam die Erde, die sich im Sarkophag befand, Bruder Anselm? Was glaubt Ihr?«
Bruder Anselm zuckte mit den Schultern.
»Einmal sicher vom Zerfall des Körpers. Aber das er-

klärt nicht, warum der Sarkophag bis zum Deckel hinauf gefüllt war. Er lag in der Erde. Der Deckel liegt ja nicht dicht auf, sondern hinterlässt feine Ritzen. Vermutlich haben starke Regengüsse feines Erdreich durch diese Ritzen des Sarkophagdeckels ins Innere geschwemmt.«
Der Prior sah gegen die Gewölbedecke, als fände er dort die Lösung. Die Runde schwieg. Niemand wagte, den Klostervorstand in seinem Nachdenken zu stören.
»Wenn ich es recht verstanden habe, wurde die Erde von außen hineingetragen. Erst durch die Berührung mit dem Sarkophag verwandelte sie sich in die Heil- und Wundererde, die wir verkaufen.«
Die Runde nickte bedächtig. Wieder entstand eine Pause, in der nur das leichte Scharren der Ledersohlen zu hören war.
»Gut!«
Der Prior langte unter sein Habit und zog ein Säckchen hervor, das er mit spitzen Fingern aufknotete. Er hielt es über die Sargöffnung, drehte es um. Aus dem Lederbeutel rieselte mit Sand vermischte schwarze Erde, soweit das im Kerzenschein zu sehen war. Die Quarzkristalle im Sand glitzerten. Unter den Mönchen regte sich ein Murmeln. Die Köpfe beugten sich über die Sargöffnung. Am Grund des Sarkophags ragte ein kleiner Erdhügel empor.
»Handelt es sich dabei um Ulrichserde, Bruder Anselm?«
Der Angesprochene zögerte einen Moment. Er überlegte.
»Die Erde liegt im Sarkophag. Sie ist auf dieselbe Weise dorthin gekommen. Sie ist in Berührung gekommen mit der Grablege des heiligen Ulrich. Daraus schließe ich, dass es sich um Ulrichserde handelt.«
Der Prior lächelte. Im Flackerschein der Kerzen wirkte das Lächeln etwas unruhig und verzogen.
»Damit hätten wir ein Wunder bewirkt, Brüder. Denn diese Ulrichserde ist unerschöpflich. Der Lech schwemmt sie uns vor die Tür.«

Der Prior drehte sich um, nahm seine Kerze in die Hand und schritt langsam aus der Unterkirche hinaus und stieg hinauf in das schwarze Riesengewölbe der Kathedrale. Die Benediktinerbrüder folgten ihm zögerlich. Die Kühle der Kathedrale nahm sie in Empfang.

Erläuterung

Im Mittelalter und in der Frühen Neuzeit betrieben die Benediktinermönche von St. Ulrich und Afra einen schwunghaften Handel mit so genannter Ulrichserde, der weit über Augsburg hinausreichte. Die Erde sollte gegen die Pest helfen, wurde als Mittel gegen Ratten und Mäuse eingesetzt und sogar zwischen die Orgelpfeifen der Kirchenorgeln geschüttet.

»Dahinab«

Luther drückte sich die Hauswände entlang. Er schwitzte, trotzdem die Luft kühl und trocken war. Hätte er sich doch den Weg genauer erklären lassen oder ihn sich am Tag einmal angesehen. Jetzt, nachdem der Mond untergegangen war, schienen ihm die Gassen der freien Reichsstadt Augsburg wie mit Finsternis getränkt. Er erschrak und zuckte zusammen, als vom Dom her der Ruf des Nachtwächters erscholl: »Hört Ihr Leut und lasst Euch sagen ...«

Luther wischte sich mit der feuchten Hand übers Gesicht und spähte in die Gasse hinein, aus der der Ruf erschollen war. Hätte er es sich nur sagen lassen, dachte er verzweifelt, hätte er es sich nur sagen lassen. Aber es drohte keine direkte Gefahr, der Nachtwächter nahm die entgegengesetzte Richtung. Luther stolperte weiter den Weg entlang und trat in der Finsternis in jede Kotpfütze und in jedes Loch.

»Herr Gott, hilf mir zum Stephinger Tor hinab«, flehte er beinahe unhörbar und bog einmal nach links ab, dann nach rechts, dann kehrte er wieder um, um einen anderen Weg zu versuchen. Luther ahnte, dass er sich im Gewirr der Gassen verlaufen hatte und kreuz und quer durch die Straßen irrte. Plötzlich trat er in eine Vertiefung des Wegs und rutschte aus. Knacken und Schmerz waren eins. Er hatte sich den Fuß vertreten. Humpelnd rettete er sich an eine der Hauswände, lehnte sich schließlich erschöpft dagegen und rieb sich den verstauchten Fuß gegen das andere Bein. Er schlug die Hände vors Gesicht.

»Herr, hilf mir aus dieser Verwirrung!«, betete er und hob seine Augen gen Himmel. »Zeig mir, dass meine Stunde noch nicht geschlagen hat.«

»Pst!«, zischte plötzlich eine Stimme aus dem Dunkeln.

»Dr. Luther, sei Ihr's?«

Luther schlug das Herz bis zum Hals. Wer rief da seinen Namen? Er richtete sich auf und spähte umher, konnte aber niemanden erkennen.
»Pst! Doktor.«
Die Stimme klang heiser und rau. Luther stellten sich die Haare auf, und er versuchte davonzuhumpeln.
»Dr. Luther! Jetzt lauft nicht davon! Ihr seid im St.-Gallus-Gässchen. Da geht's hinab!«
Luther blieb stehen und starrte in das Dunkel hinein, konnte aber selbst nach einigem Bemühen nur die Umrisse der Gestalt erkennen. Schwarz und unheimlich stand sie da. Sie hüllte sich in einen weiten Mantel, und die Zipfel ihrer Kapuze standen wie Hörner vom Kopf ab.
»Herr, Hilfe solltest du mir senden, nicht den Satan«, flehte Luther innerlich. Lauter flüsterte er: »Wer seid Ihr?«
»Was tut's zur Sache, Doktor? Ein Bewunderer Eures mutigen Auftretens vor dem Reichstag und vor dem päpstlichen Legaten. Dem Cajetan habt Ihr den Schweiß auf die Stirn getrieben mit Euren Vorwürfen.«
Der Unbekannte lachte leise. Luther nickte und erinnerte sich, wie er im Haus des beinahe allmächtigen Fuggers auf den Kardinal und päpstlichen Legaten Cajetan getroffen war. Er hatte widerrufen sollen. Er hätte seinen Glauben verraten sollen, damit der Papst in Ruhe weiter seinen Sünden frönen und die Menschen belügen konnte. Nie und nimmer wäre ihm das eingefallen, und im Haus dieses Fuggers schon zweimal nicht, selbst als der Legat ihm angedroht hatte, ihn auf der Stelle verhaften zu lassen. Mit Geld konnte man sich vieles kaufen, nicht aber das Gewissen des Dr. Luther. Das war nur dem Glauben verpflichtet, nicht dem Gold.
»Ich bewundere Euren Mut, Doktor Luther, aber jetzt braucht Ihr einen Schutzengel. Folgt mir.«
Zielsicher schritt die Gestalt vor Luther den Berg hinab und zögernd humpelte der Doktor hinter ihr her. Plötz-

lich weitete sich die Gasse und vor ihnen stieg ein Torturm auf, der rabenschwarz einen Scherenschnitt in die Sternenfülle des Himmels zeichnete.
»Wir sind da. Da hinab, Doktor Luther!« Der Unbekannte wies auf den Torturm. »Die Pforte am Stephinger Törlein ist offen. Der Wärter erwartet Euch bereits. Vor dem Tor findet Ihr einen Esel. Ich hoffe, wir sehen uns wieder. Behüt Euch Gott.«
Der Unbekannte drehte sich um, ohne den Gegengruß abzuwarten und verschwand zwischen den Gassen.
»Dank Euch Gott«, murmelte Luther und humpelte zum Tor hinunter.
Tatsächlich fand er dort einen Wärter, der ihm stumm die Pforte aufstieß. Der faulige Geruch des Grabens stieg ihm sofort in die Nase, und mit dem ersten Grau des Morgens, das sich über das Lechtal spannte, begann der Esel zu schreien.
Luther nahm das Tier am Zügel, stieg auf und ritt davon. Noch bevor die Stadt hinter Büschen und Bäumen verschwand, drehte er sich um und sah zu den Mauerzinnen empor. Er glaubte dort eine Gestalt winken zu sehen, gehüllt in einen schwarzen Mantel. Wer immer das gewesen sein mochte, er jedenfalls würde die Nacht vom 20. auf den 21. Oktober 1518 nie vergessen.

Erläuterung
Martin Luther musste sich 1518 seiner Lehre wegen vor dem Reichstag in Augsburg verantworten. Auch der päpstliche Legat Cajetan war gekommen, um Luther zum Widerruf zu bewegen. Als Luther nach einem persönlichen Gespräch mit Cajetan aber beharrlich an seiner Kritik der katholischen Papstkirche festhielt, musste er um sein Leben fürchten. Der Ratsherr Langenmantel bat ihn, die Stadt heimlich zu verlassen. Luther floh bei Nacht und Nebel vermutlich aus dem Klinker Tor. Langenmantel soll es auch gewesen sein, der

Luther dort mit gesatteltem Pferd oder Esel erwartet hat. Erst ein Augsburger Bürger namens Thaler, der unweit des Stephinger Tores wohnte, verewigte Luthers Flucht und schürte die Sage, indem er an seinem Haus zwei Figuren anmalen und darüber die Worte anbringen ließ: »Da hinab!«

Das Gebet

Sieh hin. Der alte Schimpfle. Er geht wieder nicht.« Die Sailer Marie schob den Vorhang in der Küche mit einer Hand beiseite, während ihre Schwester Agnes ihren Dutt zusammendrückte, bevor sie sich die Haube aufsteckte. Zuletzt spähte sie ebenfalls hinaus auf die Ochsengasse. Gegenüber lehnte der alte Schimpfle aus seinem Fenster und beobachtete die Vorübereilenden, die sich am Haupttor sammelten.

»Ein trotziger Charakter. Wenn das nur gut geht. Der Seniorat hat ihn schon einmal gemahnt. Ein zweites Mal tut er es nicht wieder.«

»Ich weiß nicht, ob's recht ist, wie er's treibt. Dabei ist der Fugger, Gott sei seiner Seele gnädig, gerecht gewesen gegen ihn.«

Auch im Stockwerk über ihnen rührte und regte sich bereits die Familie Mülter. Die beiden Jüngsten polterten die Treppenflucht hinunter, die durch das Schlafzimmer der beiden Schwestern führte.

»Komm und hilf, Marie. Und lass den alten Schimpfle seinen Kopf hoch tragen. Wir müssen zum Tor.«

Marie trat hinter die Schwester und half ihr die Bänder der Haube aufzuziehen.

»Er tut nichts Unrechtes.«

»Der alte Schimpfle will nicht mit den andren gehen. Immer hat er's verweigert.«

»Aber er betet sein Vaterunser, das Ehre sei dem Vater, das Credo und sein Ave Maria wie alle. Zweimal täglich, vormittags und abends. Nicht einmal hat er's versäumt. Nur nicht in der Kirche oben!«

»Es sei nicht das Seine, hat er mir gesagt, mit all den Schafsköpfen zusammen hinaufzumarschieren.«

Maria nahm zwei Haarnadeln zwischen die Lippen und steckte die Haube mit einer dritten fest.

»Ja, Marie. Wie die Schafe marschieren wir hoch. Damit es alle sehen können. Er hat nicht Unrecht.«

Marie nahm die Nadeln aus dem Mund, damit sie antworten konnte.

»Aber er hat auch nicht Recht. Das heißt den Herrn herausfordern. Schließlich ist es eine Gnade, hier unten in der Fuggerei zu wohnen. Und was sind dafür die Gebete in der St.-Anna-Kirche?«

Auf der Treppe polterten jetzt die Mülters, die Eltern der beiden Bengel, hinunter und traten auf die Straße. Der alte Schimpfle grüßte mit einem Kopfnicken.

»Gnade hin oder her, Agnes. Wir müssen.«

Die beiden Frauen sammelten sich mit den anderen Bewohnern der Fuggerei am Haupttor gegenüber dem Senioratsgebäude. Beinahe zweihundert Menschen setzten sich mit dem Glockenschlag, der vom Dom herunterschallte, in Bewegung.

»Ich sage dir, Marie. Der alte Schimpfle hat ein richtiges Gespür.«

»Sei still. Die Stadterer stehen schon wieder und gaffen.«

Eine Stimme aus der Gruppe intonierte ein Ave Maria, in das alle Frauen einfielen. Dann stimmten die Männer die Litanei zum Vaterunser an. So wechselte sich die Gebetsmühle ab, während die Prozession immer höher hinauf in die Oberstadt kam. Links und rechts vom Zug blieben die Menschen stehen und tuschelten. Manche spuckten aus, andere lachten hinter vorgehaltener Hand.

»Es ist nicht recht, dass der alte Fugger, Gott sei seiner Seele gnädig, auch nach dem Tod zweihundert Menschen durch die Stadt hetzt, hinauf zur Grabkapelle in der Annakirche«, flüsterte Agnes in der Männerpause.

»Der Fugger Jakob ist ein Wohltäter, so oder so.«

»Und ein Mann, dem Macht über alles ging, hat der alte Schimpfle gesagt. Sie würden uns erschlagen, wenn wir uns ohne diesen Ausweis des Bittgebets in der Oberstadt sehen ließen. Das weißt du ebenso gut wie ich.«

»Undankbarer Kerl. Schließlich wohnt auch er für nur einen rheinischen Gulden in seiner Gnadenwohnung.«
Die Litanei unterbrach Agnes' Antwort. Schwer atmend schlichen sie den Perlachberg hoch und querten den Rathausplatz. Vom Goldenen Saal herab sah eine Gruppe von Ratsherren durch die offenen Fenster dem Schauspiel zu.
»Von dort oben hätte der Fugger selig auch gerne auf uns herabgeschaut, Agnes.«
»Sie haben ihn nicht gelassen. Vielleicht sieht er vom Himmel aus zu und reibt sich die Hände.«
»Jedenfalls nicht über den alten Schimpfle.«
Ein Geck, der am Gitter des Augustusbrunnens lehnte, angetan mit bunter Strumpfhose und rotfarbener Jacke, klatschte Beifall. Die Fuggereibewohner sahen weg. Agnes flüsterte ihrer Schwester zu:
»Er klatscht nicht uns, Marie, er klatscht dem Fugger Beifall.«
»Sei froh, dass wir als arme Schlucker beinahe ohne Miete in der Fuggerei wohnen dürfen. Du würdest sonst im Straßengraben liegen, bei den Ratten. Verdreckt und zerlumpt.«
Wieder setzte für die Frauen das Ave Maria ein und unterbrach das Gespräch, und die Litanei wurde bis zur Kirche nicht mehr unterbrochen. Vor dem Portal der St.-Anna-Kirche gab es eine Stockung, weil jeder zuerst die Kirche betreten wollte. Langsam schob sich die Menge am Kreuzgang vorbei in die Kirche.
Martha und Agnes verrichteten mit den Zweihundert zusammen still ihr Gebet und begaben sich dann wieder in der Gruppe durch das Spalier der Stadtbürger hinunter in die Fuggerei. Bereits als sie durch das Portal traten, sahen sie den Kopf des alten Schimpfle merkwürdig verrenkt auf dem Fensterbrett ruhen. Sie ahnten, dass Eile nicht mehr vonnöten war. Als sie vor dem Alten standen, war es Marie, die zuerst ihre Sprache wiederfand.

»Wie er's nur wieder geschafft hat. Der eigensinnige Kerl.«
Starr lag der alte Schimpfle auf dem Fensterbrett, eine Hand am Rahmen verkrampft. Seine Augen klafften einen Spalt weit auf und das Kinn war herabgesunken. Über das dunkle Holz der Fensterbrüstung zog sich ein Speichelfaden.
Die Sailer Marie stieß ihre Schwester Agnes an.
»Jetzt sieh ihn dir an. Er hat dem Fugger tatsächlich den Tribut verweigert.«
»Hitzkopf, der!«
»Und der Fugger hat ihn gestraft!«

Erläuterung
Erst 1581 ließen Markus und Philipp Eduard Fugger die Markuskirche in der Fuggerei von Elias Holl erbauen. Bis dahin mussten die Bewohner der Fuggerei tagtäglich ihre von der Satzung vorgeschriebenen Gebete, das Vaterunser, das Ave Maria, das Credo und das Ehre sei dem Vater, in der Annakirche, am anderen Ende der Stadt, verrichten. Die Fuggerei hat sich in jüngster Zeit zur Altensiedlung entwickelt. Die Bewohner zahlen bis heute nur einen rheinischen Gulden Jahresmiete (das entsprach dem Wochenlohn eines Handwerkers), in heutiger Währung 88 Cent pro Jahr, zzgl. 55 Euro Nebenkosten pro Monat. Wer in die Siedlung aufgenommen werden will, muss Augsburger sein, einen guten Leumund besitzen, der katholischen Kirche angehören und unverschuldet in Armut geraten sein. Über die Aufnahme entscheidet das Fuggersche Familienseniorat.

Reich wie Fugger

Jakob Fugger klatschte in die Hände. Die Tür zum Speisesaal öffnete sich und Diener trugen silberne Tabletts herein, die von den Köstlichkeiten des Orients und Okzidents nur so dufteten. Weintrauben und Trüffel, Pfeffer und Zimt, Fisch und Wild wurden köstlich offeriert. Ihm gegenüber saß sein Gast, gehüllt in schweres schwarzes Atlasgewebe, dessen schmales Gesicht in einer ausladenden Unterlippe auslief. Es war der Kaiser des Heiligen Römischen Reiches, Karl V.

»Fugger, Ihr beschämt mich. Eine solche Lust für die Sinne. Ihr seid wahrlich ein König der Gulden, während ich Kaiser nur dem Titel nach bin, in Wirklichkeit aber bin ich ein armer Schlucker.«

Dem Fugger, der diese Klagen bereits vom Großvater des Kaisers, Maximilian, vernommen hatte, lächelte verbindlich und etwas gelangweilt. Dann griff er maßvoll zu. Er verdünnte den Wein mit Wasser, nahm hier einige Trauben und dort etwas Fisch.

Karl fasste mit vollen Händen in die Köstlichkeiten und im Nu troff von der Unterlippe das Fett der Braten und der Saft der Früchte.

»Ihr übertreibt, Majestät. Wir sind, was wir sind, nur durch Euch.«

Kaiser Karl winkte ab.

»Nein, nein. Ich schulde Euch seit meiner Wahl im Jahr 1519 Tausende von Gulden, aber Ihr habt noch nie einen davon angemahnt.«

Jakob Fugger sah dem Kaiser lange beim Essen zu. Er war sich nicht sicher, ob dieser junge Mann meinte, was er da sagte, oder ob er wirklich noch nicht verstanden hatte, wie die Geschäfte liefen, die er, Jakob Fugger, mit dem Hause Habsburg abschloss. Natürlich, diese Kaiserwahl hatte ihn beinahe an den Rand des Bankrotts geführt

und für kurze Zeit seine ganze Barschaft verschlungen, aber in den letzten elf Jahren war das Geld mit Zins und Zinseszins wieder hereingeflossen. Und weit mehr, als er investiert hatte: Bergbauprivilegien, Zollrechte, Grundbesitz, Münzrechte, Monopole, all das verschaffte ihm Einnahmen, dass es ihm und seinem Hauptbuchhalter Schwartz manchmal von den Zahlen schwindlig wurde.
»Ihr wart lange nicht in Augsburg, ich hatte also keine Gelegenheit, Euch die Schuldscheine vorzulegen.«
»Es wäre ein schönes Land, Fugger, mit nützlichen Freunden wie Euch. Aber es ist jahrein jahraus bitterkalt.«
Fugger lächelte. Hätte der Kaiser all diese Rechte selbst ausgebeutet, müsste er nicht bei ihm hier betteln gehen. Aber so war der Adel. Man brauchte ihm nur zu schmeicheln, und schon klebte er an der Leimrute. Schöne Gesten galten für gute Werke. Jakob Fugger sah dem Kaiser zu, der sich am Mittagstisch labte und nicht begriff, dass es sein eigenes Geld war, mit dem diese Schlemmerei bezahlt wurde.
»Ihr lacht, Fugger? Worüber? Über mich?«
»Oh nein, Majestät. Das würde mir nie in den Sinn kommen. Ich habe nur eben über diese Schulden nachgedacht und über die Tatsache, dass Euch friert, und dabei ist mir eine vortreffliche Idee gekommen.«
Der Kaiser biss in einen Strunk Trauben, so dass ihm der Saft auf den weißen Kragen seines Kleides tropfte und rote Flecken hinterließ.
Jakob Fugger stand auf und trat an einen kleinen Schrank, der an der Längsseite des Speisesaals stand. Er öffnete ihn mit einem goldenen Schlüssel, den er um den Hals hängen hatte. Dann zog er aus einem der Fächer ein Bündel Papier heraus. Es lag neben einigen Urkunden mit Reichsprivilegien und Schürfrechten.
»Hier«, drehte er sich zu Kaiser Karl um, »habe ich Eure Schuldverschreibungen.«
»Jetzt wird mir noch kälter, Fugger. Es müssen Tausende von Gulden sein!«

Jakob Fugger nickte. Es waren Tausende, die sich aber schon zehn- und zwanzigfach verzinst hatten. Das Papier mit den Schuldverschreibungen selbst war jedoch wertlos. Seine Majestät würde in hundert Jahren keinen Heller zurückzahlen können. Er ließ die Scheine in die offene Hand klatschen.
Jakob Fugger wusste, was in den nächsten Stunden geschehen würde. Der Kaiser würde ihn wieder um Geld angehen – und er, Jakob Fugger, wollte dem jungen Kaiser nichts geben, weil dieser sich so selten in Süddeutschland aufhielt. So entzog er sich seinem Einfluss, das gefiel Jakob Fugger nicht. Also musste er verhindern, dass der Kaiser bettelte, oder sich zumindest eine Gelegenheit schaffen, das Ansinnen ablehnen zu können.
Jakob Fugger zog aus einer Glasvase ein Bündel Zimtstangen. Sie waren dorthin gesteckt worden, um den Raum mit Wohlgerüchen zu füllen.
»Allein das Bündel«, dachte er, »ist mehr wert, als all das, was der Kaiser am Leib trägt!«
Er hielt das Zimtbündel in eine der Kerzenflammen, bis es knisterte und schließlich hellauf brannte.
»Ich will Euch ein Feuer anzünden, Kaiser Karl, das Euch nicht nur den Körper, sondern auch die Seele wärmen soll. Weil Eure Majestät mir die Ehre angetan haben, mein Gast zu sein, sind Eure Schulden hiermit getilgt.«
Mit diesen Worten entflammte er vor den Augen des erstaunten Kaisers das Bündel mit Schuldscheinen und warf es in den Kamin. Hell loderte es auf, dann sank das Papier als schwarze Asche in sich zusammen.
»Wahrlich, reich wie ein Fugger müsste man sein!«, murmelte der Kaiser beim Anblick der brennenden Schuldscheine.
Jakob Fugger aber behielt den Kaiser im Auge. Er wusste wohl, dass diese Geste Karl V. daran hinderte, ihn um Geld anzugehen. Innerlich lächelte er über die Einfältigkeit der Menschen, die glaubten, er täte dies alles den Menschen zuliebe.

Diese Geste, damit rechnete Jakob Fugger, würde sich in Windeseile über ganz Europa verbreiten und ihm mehr Wohlwollen und Kredit einräumen, als der Kaiser je an Gulden von ihm gefordert hatte. Und im Geist zählte er bereits die blanken Gulden, die dadurch in seiner Truhe klingeln würden.

Erläuterung

Die Verbrennung kaiserlicher Schuldscheine fand trotz ihrer wirksamen Theatralik niemals statt und ist eine Erfindung des Volksmunds. Jakob Fugger und Kaiser Karl sind sich in Augsburg niemals begegnet. Erst Jakobs Neffe Anton traf den Kaiser persönlich und verhandelte mit ihm. Doch Schuldscheine wurden dabei nicht eingeäschert. Jakob Fugger, der sich die meiste Zeit aufgrund der politischen und religiösen Entwicklung in Augsburg auf seinem Gut Weißenhorn aufhielt, setzte sich gegenüber dem Kaiser stark für Augsburger Belange ein. Auch finanzierte die Familie, die unter Jakob Fugger immer stärker aristokratisierte und 1526/30 in den erblichen Reichsgrafenstand erhoben wurde, 1531 die Wahl König Ferdinands I., so dass wirtschaftliche Überlegungen immer eine Rolle bei politischen Handlungen spielten.

Über den Tod hinaus

Vor der Stube am Wertachbrucker Tor wieherte ein Pferd, aber der Färber Martin hockte am Tisch und hielt den Kopf in den Händen und starrte vor sich hin. Ein leerer Krug Bier stand vor ihm, der dritte bereits, nach dem er diesen Abend zum Thorbräu hinübergeschickt hatte. Martin dachte an seinen Freund, den Gerber Gustl aus der Jakober Vorstadt unten, an seine besondere Art. Und er dachte an das grausige Versprechen, das sie sich vor vier Wochen gegeben hatten. Am liebsten hätte er die Zeit zurückgedreht, um nie wieder auf solch eine unsägliche Bitte zu verfallen, um sich beim ersten Wort, das darüber gesprochen werden würde, sofort zu bremsen. Dennoch war das Wort gefallen und die Abmachung getroffen worden – und jetzt war Gustl tot.

»Versprich mir's!«, hatte Martin damals gedrängt, und er erinnerte sich, an das Gespräch, drüben, im Thorbräuausschank, in der verräucherten und bierseligen Luft dort, als wäre es gestern erst geschehen. »Versprich mir's jetzt und heute in die Hand hinein, und ich werd's ebenso halten.«

Der Gustl hatte bedächtig genickt. Er war ein Langsamer gewesen, der an einem Krug Bier doppelt so lange trank wie jeder andere. Hätte je ein Wetttrinken stattgefunden, bei dem der gewann, der über seinem Bier einschlief, ohne es leerzutrinken, hätte der Gustl gewonnen.

»Also«, hatte der Gustl endlich seine Hand hingestreckt, ein wenig müde, ein wenig zögerlich, kam es ihm heute so vor, und Martin hatte eingeschlagen, »der erste lässt den anderen davon wissen, wie auch immer.«

Wieder wieherte der Gaul ungeduldig vor dem Fenster, so dass der Martin kurz den Kopf hob. Doch der Schankbub vom Thorbräu gegenüber klopfte und brachte einen

frischen Krug, den er vor Martin auf den Tisch stellte. Sofort hatte der Martin das Wiehern vergessen.
»Noch einen, Bub!«, bestellte Martin und gab ihm einen Pfennig Trinkgeld.
Ihn fröstelte, und schon deshalb musste er sich warmtrinken. Martin setzte den Krug an und nahm einen kräftigen Schluck. Dann stellte er ab. Seine Arme und Beine fühlten sich schwer an, und langsam schäumte in seinem Kopf das Bier ebenso wie im Krug.
Martin runzelte die Stirn, weil vor dem Haus das Ross erneut wieherte, lang diesmal und ungeduldig, als würde es auf jemanden warten.
»Der Tod hört, wenn du über ihn lästerst«, hatte ihn der Beichtiger von den Minderen Brüdern beim Barfüßer-Konvent gewarnt, den er gleich nach der spaßigen Zusage aufgesucht hatte. »Zu spaßen ist mit ihm nicht.«
Der Färber Martin hatte genickt und sich weiter nichts dabei gedacht und auf das Vergessen des Herrgotts gesetzt. Doch der vergaß nichts und niemals.
Vor einer Woche hatte Martin seinen Freund Gustl zu Grabe getragen. Schnell war es geschehen, so schnell, dass niemand es auch nur hätte ahnen können. Gustl hatte sich nach einem ihrer Besuche in der Thorbräu-Stube erkältet, als sie im Regen nach Hause gegangen waren. Zum Husten kam die Entzündung der Lunge und das Fieber und der Durchfall. Rasch war er verfallen. Eine Woche darauf sah man bereits die Farbe des Todes in seinem Gesicht und am Abend desselben Tages hatte er für immer die Augen geschlossen.
Noch auf dem Totenbett hatte Gustl ihm lächelnd zugesichert, er würde ihren gemeinsamen Schwur halten und Martin hatte es einen Stich gegeben, weil er glaubte, dass er mit dieser sinnlosen Wette schuld sei an Gustls Tod.
Er seufzte, setzte den Krug an und ließ das Bier durch die Kehle rinnen. Hören hätte er sollen.
Vor dem Fenster trabte das Pferd jetzt auf und ab, als

wäre es ungeduldig und es langsam leid, dass niemand erschien. Wer sich nur so hartnäckig gab?
Der Martin erhob sich unsicher, rutschte bis zum Fenster, blickte hinaus und – erstarrte.
Draußen, dort wo sonst der Pflaumenbaum den Blick zum Tor hinüber begrenzte, schritt jetzt ein Rappe auf und ab. Auf ihm saß eine glutrote Gestalt, ein feuriger Reiter. Martin wollte sich abwenden, weil er seinen Sinnen, die bierselig waren, nicht mehr traute. Doch da blickte der Feuerreiter zu ihm hoch, und Martin glaubte in ihm den Gerber Gustl zu erkennen. Mit rotfeurigen Augen grinste der herüber.
Langsam wich Martin vom Fenster zurück. Das Versprechen, durchfuhr es ihn! Gustl erfüllte sein Versprechen! Er hatte ihm in die Hand hinein geschworen, davon zu erzählen, wie das Jenseits beschaffen sei und ob der Glaube das Rechte lehre. Draußen wieherte das Pferd, und wie magisch angezogen von der Gestalt beugte Martin sich noch einmal vor, um zu schauen. Gustl winkte ihm. Martins Mund war ganz trocken. Er schluckte hart und griff hinter sich, holte seinen Krug heran und nahm noch einen Schluck, bevor er den Laden öffnete. Am ganzen Körper zitterte er, als er sich hinausbeugte und Gustl zurief:
»Und, ist's so, wie's die Pfaffen von den Kanzeln herab predigen?«
Der Feuerreiter ließ den Rappen steigen, bis der sich fast ganz aufrichtete. Das Gesicht schien sich Martin zu nähern und er erkannte darin tatsächlich seinen Freund Gustl. Endlich rief der Gerber Gustl zurück:
»Denk daran! Es wird dort genau gerechnet und dir nichts geschenkt!«
Darauf ließ der Gerber das Pferd auf die Vorderbeine fallen und abermals steigen, drehte es in der Luft und preschte schräg aufwärts jagend über das Wertachbrucker Tor hinweg in den Abendhimmel davon, während er einen hellen Schweif hinter sich herzog.

Jetzt glaubte Martin Bescheid zu wissen.
Plötzlich klopfte es. Martin schrak hoch, sah vor sich den Krug Bier, der bereits wieder leer stand, obwohl Martin sich nicht daran erinnern konnte, ihn ausgetrunken zu haben. Das Fenster war geschlossen. Der Schankbub von nebenan betrat den Raum, stellte stumm den neuen Krug Bier auf den Tisch und nahm den leeren mit sich.
»Hast du eben einen Feuerreiter übers Firmament preschen sehen. Drüben, am Tor?«, fragte der Färber Martin den Buben und hielt ihn am Arm fest.
Der Junge sah Martin mit großen Augen an, als wäre der nicht ganz bei Sinnen. Er schüttelte nur den Kopf und ging zur Tür.
Martin wusste nicht recht, ob er das eben alles geträumt oder wirklich erlebt hatte. Jedenfalls pfiff er dem Schankbuben nach, bevor dieser aus der Tür schlüpfte, und warf ihm einen Pfennig zu.
Danach trat er ans Fenster und starrte hinaus in die Nacht mit ihren unzähligen Sternen und begann diese zu zählen.

Erläuterung
Die Wette soll sich tatsächlich im 16. Jahrhundert so in Augsburg zwischen zwei engen Freunden abgespielt haben. Ob die Warnung des toten Freundes allerdings beim lebenden gefruchtet hat, weiß niemand so recht zu sagen. Zurückgekommen ist jedenfalls keiner von den beiden.

Philippine Welser

»Wer ist die Schöne dort? Sie macht mir Appetit!« Philippine hörte gerade noch, wie der junge Herr hinter ihr sich bei seinem Begleiter nach ihr erkundigte. Und sie ahnte, dass er die Worte bewusst so laut gesprochen hatte, dass sie diese mithören musste. Sie fühlte, wie ihr Hals rot anlief, aber den konnte unter ihrem Tuch niemand sehen. Sie wusste, dass er seit Tagen um ihre Tür schlich und sie beim Kirchgang abpasste, dass er sich ständig vor dem Haus ihres Vaters aufhielt, um einen Blick auf sie zu erhaschen – und sie genoss die Aufmerksamkeit, da er ihr gefiel, der junge Herr mit seinem bunten Federhut, den weiten Hemdsärmeln und dem feinen Gesicht. Unverhofft für den jungen Herrn hinter ihr drehte sie sich um und antwortete schnippisch.

»Wenn Ihr Hunger habt, Herr, dann geht in eine der Wirtsstuben. Eure Stimme knurrt ebenso unschön wie Euer Magen.«

Sie hätte laut loslachen können, als sie das betretene Gesicht des jungen Herrn sah, der sofort den Hut vom Kopf riss und sich knietief vor ihr verbeugte.

»Sucht Ihr etwas auf dem Pflaster?«, neckte sie ihn kokett und lachte hell auf.

Schnell wandte sie sich ab und eilte zum Haus ihres Vaters. Sie biss sich in die Lippen, als sie hinter sich die Schritte des jungen Herrn vernahm, der leichtfüßig mit ihr Schritt hielt.

»Wollt Ihr mir nicht sagen, wie Ihr heißt, Jungfer?«

Deutlich fühlte Philippine, dass ihr jetzt das Blut auch in den Kopf stieg. Sie verlangsamte den Schritt und spähte etwas ängstlich zum Haus des Vaters hinüber. Vielleicht war sie doch zu forsch gewesen. Jetzt hatte sie den Fisch an der Angel, und er ließ sich nicht mehr abnehmen.

Wenn wenigstens ein Hausdiener aus dem Tor sehen würde, oder ihre Amme, dachte sie. Unsicher nestelte sie an ihrem Halstuch und zog es ein wenig auf.
»Nun? Seid Ihr stumm geworden?«
Philippine reagierte trotzig, aber selbst ihr fiel auf, dass sie nicht recht glaubhaft wirkte. Dafür gefiel ihr der junge Herr zu sehr.
»Was fällt Euch ein, eine ehrbare Bürgerstochter auf der Straße anzusprechen?«, fuhr sie den jungen Herrn an, senkte aber gleichzeitig den Blick. »Vor allem dann, wenn Ihr mir Euren Namen verschweigt!«
Den letzten Satz hatte sie nur noch halblaut vor sich hin gesprochen.
»Jetzt verstehe ich Euch. Der Reichstag schwemmt genug Gesindel in die Stadt, vor dem man sich hüten muss, Jungfer. Es liegt mir fern, Euch nahe zu treten. Hier, nehmt den Ring von mir als Zeichen meiner guten Absicht. Ich beobachte Euch schon einige Tage und finde Euch ...«
»Keine Schmeicheleien. Und den Ring behaltet!«
Wieder versuchte Philippine dem jungen Herrn auszuweichen, aber der vertrat ihr mit einem schnellen Schritt den Weg.
»Wartet. Bitte. Einen Satz noch.«
»Ungern. Aber beeilt Euch.«
Philippine sah zum Haus des Vaters hinüber. Eben in dem Moment trat ihre Amme suchend auf die Straße hinaus. Sie entdeckte Philippine und winkte ihr, als sie sah, dass sie mit einem jungen Mann redete. Dabei warf sie ihre Arme in die Höhe, als wolle sie damit fliegen. Da Philippine noch auf den Satz ihres Verehrers wartete und keinerlei Anstalten machte, nach Hause zu gehen, raffte sie ihr Kleid und eilte hinaus.
»Sputet Euch. Sagt, was Ihr zu sagen habt. Meine Amme kommt mich holen!«, flüsterte sie dem jungen Herrn zu.
»Bitte nehmt den Ring. Als Andenken. Ich will versuchen, Euch später länger zu sprechen.«

Er zog einen Ring vom Finger und drückte ihn Philippine in die Hand. Dann verbeugte er sich.
»Nennt mich Ferdinand«, sagte er noch, aber da erhielt er bereits von der Amme mit dem Küchentuch eins übergezogen und musste sich schützen.
»Was untersteht Ihr Euch!«, keifte die Amme. »Lasst meine Philippine in Ruhe!«
Philippine musste lächeln, als die Amme ihren Namen verriet. Wie ein Ritter mit seinem Schwert schlug ihre Amme auf den jungen Herrn ein, der lachend den Rückzug antrat.
»Lasst mich leben, Weib, ich ergebe mich!«, rief er, bis er ihrer Waffe entrann.
Außer Reichweite sah er sich noch einmal um. Seine und Philippines Blicke trafen sich, und Philippine fühlte, wie sich ihre Brust zusammenzog und sich in ihrem Bauch ein angenehmes Unwohlsein einstellte.
»Wer war der Geck?«, fuhr die Amme sie an, noch ganz außer Atem. »Warum belästigt er Euch mitten auf der Straße.«
»Er hat mich nicht belästigt«, widersprach Philippine. »Er hat mir nur diesen Ring gegeben.«
Während sie das sagte, ließ sie den jungen Herrn nicht aus den Augen. In dieser Zeit glitten die Blicke der beiden ineinander und suchten nach einem Punkt der Berührung. Philippine griff nach ihrem Halstuch und zog es fort. Das Rot ihres Halses störte sie nicht mehr. Die Amme holte tief Atem, als sie die Heimlichkeit bemerkte. Energisch drehte sie Philippine zu sich um.
»Sofort gebt Ihr den Ring zurück. Es ziemt sich nicht für eine junge Dame, Geschenke von wildfremden Kerlen anzunehmen. Wo habt Ihr ihn? Gebt her!«
Der junge Herr verbeugte sich leicht, als er bemerkte, dass Philippine den Kopf zu ihm umwandte und sogar leicht lächelte. Dann wandte sie sich der Amme zu.
»Er ist nicht wildfremd. Wie kommt Ihr auf den Gedanken?«

Trotzdem hielt Philippine der Amme den Ring hin. Diese wollte ihn eben ergreifen, als sie innehielt.

»Meiner Treu, Philippine. Das ist ja …«

»… das kaiserliche Siegel. Und der junge Geck, den Ihr eben mit Eurem Geschirrtuch vertrieben habt, ist niemand anderer …«

Die Amme fuhr sich mit der Hand an den Mund. Dann nahm sie Philippine rasch am Arm und zerrte sie mit sich fort.

»Egal wer er ist. Es war unschicklich, Euch den Weg zu vertreten«, murrte sie, noch immer etwas verschreckt.

»… niemand anderer als Erzherzog Ferdinand«, flüsterte Philippine. »Und wenn ich dafür in der Hölle büßen müsste«, flüsterte sie, »ich werde ihn heiraten.«

»Jetzt verliert Euch nicht in Träumen, Philippine Welser. Ihr seid noch jung. Außerdem seid Ihr unstandesgemäß. Kein Kaiser würde eine solche Verbindung gutheißen, und als Bettschatz seid Ihr selbst für den Erzherzog zu schade.«

Obwohl die Amme sie hinter sich her durch das Tor des Welserschen Anwesens zog, blieb Philippine kurz stehen. Sie blickte zurück und sah, dass Erzherzog Ferdinand noch immer dastand und ihr nachsah. Bevor die Amme sie durch den Torflügel dirigierte, fiel zufällig das Tuch zu Boden, das eben noch ihren Hals geziert hatte.

Erläuterung

Die Sage um Philippine Welser, die 1527 im heutigen Schaezler-Palais geboren wurde, hat die historische Wahrheit stark verändert. Nicht während des Reichstages von 1547, der innerhalb der Mauern der Reichsstadt Augsburg abgehalten wurde, verliebte sich Erzherzog Ferdinand, der Sohn Kaiser Ferdinands I., in die 20-jährige Philippine Welser. Er hatte sie 1556 auf dem böhmischen Schloss Brzesnic kennen gelernt und heiratete sie im Jahr darauf als 29-Jährige. Es stimmt allerdings, dass sich das Paar heimlich trauen ließ, trotz der Proteste des Kaisers.

Die Ehe musste aber für immer geheim gehalten werden, weil sie nicht standesgemäß war. Die Kinder aus der Verbindung erhielten zwar den Namen »von Österreich«, wurden aber rechtlich als Findelkinder behandelt. Als der Kaiser 1564 starb, wurde die Ehe offiziell von Papst Gregor XII. legalisiert. Philippine Welser verlebte mit ihrem Gatten, der Regent von Tirol wurde, auf Schloss Ambras in Tirol eine glückliche Zeit. Das tragische Lebensende durch Selbstmord im Bade wurde ihr ebenfalls nur angedichtet.

Der Geist vom Katzenstadel

Ihr wieder!«, begrüßte der Waibel, der Wachsoldat vom Katzenstadel, den Gast, der auf dem alten Lederstuhl im Sonnenwinkel saß. »Braucht der morsche Leib wieder ein wenig Wärme?«

Der ausgediente Soldat blinzelte ins Licht, das hier im Zwickel hinter altem Kriegsgerät, zwischen Hellebarden, Schilden und Spießen, einen Weg bis hinab auf den Boden gefunden hatte.

Ein dumpfes Gestöhn drang aus dem Winkel.

»Schon gut, schon gut, Alter«, murmelte der Waibel und holte seinen Schnapskrug aus einer Lücke zwischen zwei Regalen. »Ich verrate Euch nicht und Ihr verratet mich nicht.« Er nahm einen tiefen Trunk und wischte sich den Mund. »Das letzte Viertelstündchen Sonne gehört jedoch mir. Ich hab's vom Rat, das Vorrecht. Verbrieft und gesiegelt.«

Der Waibel Konrad Heckel, ein breitschultriger, untersetzter Mann mit rotem Gesicht und einer etwas gedunsenen Nase, lehnte sich an das Regal mit den Katzen – kleinen, eisernen Kugeln – und betrachtete sich den Kriegsmann, der da steif und wie mit dem Senkblei ausgerichtet auf dem Stuhl saß. Die Rüstung schimmerte dunkel und das Fleisch der Finger wirkte eigentümlich weiß und weich.

»Es werden die letzten Sonnenstrahlen sein für heut'«, versuchte der Waibel erneut ein Gespräch. »Über dem Gögginger Tor zieht's dunkel herauf. Es wird gewittern. Aber es freut Euch ja, wenn es kracht und scheppert und die alten Geschosse auf den Sarg herunterpoltern.« Er lachte und nahm einen weiteren Schluck.

Heckel überlegte, wie lange sie sich schon kannten, der Kriegsmann und er, und kam auf fünfzig Jahre. So lange tat er Dienst im alten Katzenstadel, dem Zeughaus

der Stadt. Mit zehn war er dem Vater bereits zur Hand gegangen und jetzt ging er auf die sechzig zu. In all den Jahren hatte er Kriegsgerät ausgegeben und wieder eingestellt, hatte Halterungen für Hellebarden eingebaut und solche für die langen Spieße wieder herausgerissen. Jetzt stellte man sogar die Figuren des neuen Rathausbrunnens vor dem Perlach von Meister Gerhardt hier unter, die drüben im Gießhaus gefertigt wurden. Das Innere des Zeughauses hatte sich mit der Zeit gewandelt, nur der Bleisarg in der Ecke war geblieben, als hätte ihn niemand zu berühren gewagt. Und tatsächlich fürchtete man sich davor. Ein paar Jahre bevor er seinen Dienst hier angetreten hatte, brach man lieber das Blei aus den Fensterfüllungen, um Kugeln daraus zu gießen, als hierher zu gehen und den Sarg mit seinen sechs Zentnern Blei einzuschmelzen. Das hatte ihm der Vater erzählt. Die Kugeln, die daraus hätten gegossen werden können, würden Unglück bringen, hieß es, und sie würden auf den Schützen zurückfliegen. Also ließ man es.
»Sie haben zu großen Respekt vor Euch, Kriegsmann«, lachte der Waibel und prostete dem Rittersmann zu, der ihm Bescheid gab, indem er seine Hand hob. »Und doch würd' mich interessieren, seit wann Ihr hier liegt?«
»Zu lange, Waibel!«, antwortete ihm eine Stimme, die tief war wie aus einem Grab. Heckel verschluckte sich fast. Selten geschah es, dass der Kriegsmann ihm antwortete. »Hundertfünfzig Jahre hier in deinem Haus und weitere zweihundert in ungeweihter Erde vor der Gögginger Mauer. Buße genug, Waibel.«
Der Ritter hob sein Visier und ließ einen Blick in die Runde schweifen. Tiefdunkle Augen besaß er und ein Gesicht, bleich wie der Tod und durchscheinend wie Nebelstreif.
Er winkte den Waibel heran und erhob sich.
Heckel trat näher, setzte sich, während der Kriegsmann sich in seinen Sarg zurücklegte und den Platz freimachte. Doch kaum hatte Heckel sich zurechtgesetzt, als die Sonne durch eine Wolke verdunkelt wurde.

»Da brat mir doch einer einen Storch, Kriegsmann«, sagte er nur. »Jetzt ist es aus mit dem Lichtbad. Der Himmel wird schwarz.«
»Warte nur«, hallte es aus dem Sarg empor. »Es wird mehr Licht geben, als du verträgst. Geh nach Hause, Waibel. Es war eine schöne Zeit.«
Heckel stutzte. Wollte sich der Kriegsmann aus dem Staub machen? Doch die Frage schien müßig, denn im selben Augenblick ließ ein Krachen die Erde erzittern und beinahe gleichzeitig fegten Wellen von Höllendonner über die Stadt weg, die einzelne Katzen lösten und polternd aus den Regalen stürzten.
Der Waibel wusste, dass das eisenvolle Gebäude des Zeughauses nicht geeignet war, ein Gewitter darin abzuwarten, und schlug kurz mit der flachen Hand auf den Sarg.
»Wir sehen uns, Kriegsmann. Euch macht das Unwetter nichts, ich weiß. Mir jedoch will es ans Leben. Gehabt Euch wohl. Gott wacht über Euch.«
»Wir sehen uns«, lachte es aus dem Sarg, dass die Regale bebten, und zum ersten Mal in sechzig Jahren wurde es dem Waibel unheimlich. »Dank dir, Waibel, für deine Wünsche.«
Zwei neue Blitzschläge, die ihm die Haare zu Berge stehen ließen, beendeten seine Überlegungen. Konrad Heckel stürzte aus dem Gebäude. Keine Sekunde zu früh. Einmal, zweimal, dreimal krachte es ohrenbetäubend. Es hob ihn von den Beinen. Mit Wucht wurde er gegen die Holzwand des Wagenschuppens geschleudert und blieb benommen liegen. Sein Körper kribbelte.
»Eingeschlagen. Es hat eingeschlagen«, dachte er erschrocken. »Dort, wo ich eben noch gestanden bin.« Gleichzeitig nahm er brandigen Feuergeruch wahr. Er fühlte das Prasseln der Flammen, hören konnte er nichts. Seine Ohren waren im Augenblick wie verstopft. Konrad Heckel rappelte sich auf und humpelte auf die Straße hinaus.
»Feurio! Feurio!«, schrie er aus Leibeskräften. Rollender

Donner schluckte seine Rufe und Blitze wie Spinnennetze überzogen die Stadt und senkten sich über das Zeughaus. Er stolperte und holperte über die Gasse und wunderte sich, wie sich das Gewitter an der Hochterrasse vor dem Wertachbrucker Tor staute, wie es gegen die Stadtwehr anbrandete und doch keinen Tropfen Regen brachte, sondern nur Böen und Blitze.
Am nächsten Brunnen griff er sich einen der vollen Löscheimer und hastete stolpernd zurück zum Zeughaus, doch er kam dem Gebäude nicht einmal so nahe, dass sein Guss die Wand des Hauses benetzt hätte. Das Feuer brüllte. Wie eine Fackel schlugen die Flammen aus dem Dach, als würden sich Arme hilfesuchend in den Himmel recken.
»Der alte Kriegsmann bittet wohl um Gnade!«, murmelte der Waibel, der langsam wieder hörte.
Ihn wunderte auch, dass das Feuer sich nicht ausbreitete, sondern nur das Zeughaus fraß und das gegenüberliegende Gießhaus benagte. Ganze Schauer von roten Kohleflocken regneten auf die Stadt herab, doch kein glühender Span setzte sich fest und trug die Flamme weiter. Und plötzlich rauschte wie eine gewaltige Feuerdecke ein Wolkenbruch heran und senkte sich auf das Haus, die glühenden Balken und das Eisen.
»Es wird dir Kühlung geben, Kriegsmann!«, dachte der Waibel, der neben seinem vollen Eimer stehen geblieben war, sich die schmerzende Seite rieb und dabei das Schauspiel betrachtete. Es zischte und brodelte und fauchte, doch das Himmelswasser bezwang das Feuer und zurück blieben schwarze rauchende Balken. In der Ecke, dort wo die Sonne den Bleisarg des Ritters beschienen hatte und der Waibel und der Kriegsmann sich Jahrzehnte hindurch gesonnt hatten, war das Gebälk stehen geblieben. Der Waibel wollte sich gerade vergewissern, ob der Ritter das Inferno überstanden hatte und weiter auf seine Erlösung warten musste, als die Balken zu wanken begannen und mit Getöse in sich zusammenfielen.

Mittlerweile stand die Straße voller Menschen, die durchnässt und frierend Gott dankten, dass er sie und ihre Anwesen verschont hatte. Der Waibel, dem alles Zeitgefühl abhanden gekommen war, schlich sich näher, denn aus dem dampfenden Balkengewirr ragte etwas empor, was dort sicherlich niemals zuvor gestanden hatte, seit er das Zeughaus am Katzenstadel bewachte.

Tatsächlich erhob sich aus der Asche des verbrannten Waffenlagers eine Statue, die ihre Hand nach dem Waibel ausstreckte, in römischer Kleidung, mit einem Waffenrock am Leib und einem Lorbeerkranz auf dem Kopf.

»Ein römischer Feldherr!«, hörte er neben sich sagen. »Wie der Kaiser Augustus, der unsere Stadt gegründet hat.«

Der Waibel trat näher. Gerade dort stand die Figur, wo zuvor der Sarg gestanden hatte. Zuerst wollte er es nicht glauben, dann fuhr er mit der Hand durchs nasse Haar und lächelte.

»Jetzt hat der Herr Euch doch erlöst, Kriegsmann«, grinste der Waibel zum Kaiser hinauf – und ihm war, als würde dieser kurz nicken und ihm zublinzeln.

Erläuterung

1447 wurde im Graben zwischen Gögginger und Rotem Tor bei Grabungsarbeiten ein Ritter mit verrostetem Harnisch in einem bleiernen Sarg gefunden. Weil er nicht auf einem Friedhof, sondern in unheiliger Erde bestattet war, brachte man den wertvollen Bleisarg mit seinem Toten in das alte Zeughaus am Katzenstadel. Dort lag der Fund unbehelligt über hundertfünfzig Jahre lang. Sogar in Kriegszeiten, wenn das Blei rar wurde und man es aus den Fensterfassungen kratzte, um Kugeln daraus zu gießen, dachte niemand daran, den Sarg einzuschmelzen.

Als gegen Ende des 16. Jahrhunderts bei den Vorbereitungen zur Errichtung eines neuen Brunnens auf dem Rathausplatz alle Bronzefiguren am Katzenstadel untergestellt wurden, weil das städtische Gießhaus direkt nebenan lag, zerstörte ein Blitzschlag das Zeughaus. Als man die Trümmer durchsuchte, fand man zwar keinen Bleisarg mehr und auch der Ritter war verschwunden. An seiner Stelle jedoch stand die Statue des römischen Kaisers Augustus, in die sich der fremde Ritter verwandelt haben soll und die seither den Augustusbrunnen schmückt.

Die Reliquien des heiligen Gualfardus

Fünfhundert Gulden, rheinisch!«
»Aber er war nur ein einfacher Sattlergeselle.«
Überrascht sah der Augsburger Stadtpfleger Marx Welser den Veroneser Kardinalbischof an. Er hatte eigens diese Reise nach Verona gemacht, um die Wünsche der Augsburger Sattlerzunft zu unterstützen, und hatte sogar Heinrich von Knöringen, den Augsburger Bischof, dafür gewonnen. Jetzt konnte er sein Erstaunen kaum verhehlen. Aber Johannes Valerius, der Veroneser Kardinalbischof, kratzte sich nur unter seinem Beffchen, lächelte verschämt und meinte:
»Und jetzt ist er ein Heiliger, werter Marx Welser. Und Heilige haben ihren Preis.«
»Aber, das ist ja Wucher, Kardinal.«
Marx Welser versuchte, seine ohnehin stattliche Gestalt ins rechte Licht zu rücken und hob den Kopf.
»Aber, aber. Wollt Ihr mir unchristliche Tugenden unterstellen?«
Marx Welser hob beschwichtigend die Hände.
»Natürlich nicht, aber bedenkt, dass die Sattlerzunft in meiner Heimatstadt ihrem Mitbruder, der sich Verdienste um das Christentum durch sein Leben erworben hat ...«
Der Kardinalbischof schlug sich mit der flachen Hand auf die Stirn.
»Erworben. Weil Ihr mich eben daran erinnert. Ich muss die Männer bezahlen, die Euch die Reliquien besorgt haben. Und das war nicht einfach. Kein Veroneser würde sich den Leichnam des Heiligen Gualfardus aus dem Grab nehmen lassen. Und umsonst schon gar nicht. 550 Gulden!«
Marx Welser traute seinen Ohren nicht. Als Regierer des

Hauses Welser war er einiges von Handel und Schacher gewöhnt, aber das schien ihm doch vermessen.
»550 rheinische Gulden?«
Der Kardinalbischof setzte sich in einen Ohrensessel und betrachtete Marx Welser von oben bis unten.
»Wenn ich's recht überlege, habt Ihr Recht. Zu billig. Runden wir auf 600 Gulden auf.«
»Und warum das schon wieder?«
»Wisst Ihr, werter Welser. Die Umstände. Eine Grabplatte vor der Türschwelle der Kirche zum Heiligen Erlöser musste gehoben werden. Bei Nacht und Nebel. Seine Gebeine haben auch nach der Beisetzung noch Wunder gewirkt. Und dann bedenkt, jeder Augenblick, den Ihr zögert, liegt näher am Jüngsten Tag. Das verteuert.«
Marx Welser war sprachlos über dieses Geschacher.
»Das ist des Heiligen unwürdig!«
»Findet Ihr? Nun gut. Ich bin der Letzte, der etwas unter Wert verkaufen möchte. Wenn Ihr selbst schon daran zweifelt, 650 Gulden.«
Marx Welser verschlug es die Sprache. Das war unverschämt, trotzdem der Kardinalbischof verbindlich lächelte. Aber er hatte der Sattlerzunft versprochen, den Heiligen nach Augsburg zu bringen. Er konnte sich also nicht lumpen lassen.
»Einverstanden. Zeigt mir die Reliquie.«
Der Veroneser Kardinalbischof verstärkte sein Lächeln, klatschte in die Hände und ein Mönchlein trug lautlos einen kleinen Kasten ins Zimmer. Er stellte ihn auf einem Marmortisch ab. Der Kardinalbischof erhob sich, trat an den Tisch und öffnete den Deckel des Kästchens. Marx Welser, der neugierig und etwas überrascht hinzutrat, warf einen Blick hinein. Er sah drei Bruchstücke einer Hirnschale, ein Schienbeinstück und drei kleine Fuß- oder Handknöchelchen.
»Ist das alles, Kardinal?«
»Oh ja, Welser. Es musste schnell gehen. Und wir durften die Gläubigen unserer Diözese nicht verprellen. Den

ganzen Gualfardus könnt Ihr nicht haben. Aber für eine Verehrung ist es ausreichend Material, findet Ihr nicht?«
»Aber 650 Gulden für ein paar Knochenstücke!«
»Ich dachte, die Sattlerzunft hätte bereits einen Altar für die Reliquien. Und eine Kirche auch. Hat sich nicht der Fugger mit der Kirche für die Kapuziner beteiligt? Und einige wenige Knochen sind besser als keine. Stimmt Ihr mir zu?«
Marx Welser biss die Zähne zusammen. Er zischte: »Das schon.«
»Dann sind wir uns einig. Ich stelle Euch eine Urkunde aus, die bescheinigt, dass die Knochen zweifelsfrei echt sind!«
»Glaubt Ihr, dass Zweifel entstehen könnten?«
»Möglich ist alles. Aber mein Wort gilt. Es kostet allerdings eine Kleinigkeit. Sagen wir 50 Gulden. Dann liegen wir bei 700. In bar versteht sich.«
»Ihr habt meine Frage nicht beantwortet. Sind die Reliquien echt?«
Der Kardinalbischof sah den Augsburger Stadtpfleger Marx Welser an, als würde der daran zweifeln, dass die Erde eine Scheibe sei.
»Mein lieber Welser. Wir sind unter uns und konnen uns unterhalten wie vernünftige Menschen. Ist es wirklich wichtig, dass sie echt sind? Ist unsere gemeinsame Grundlage nicht der Glaube. Und versetzt dieser nicht Berge? Nun, dann wird er einige wertlose Knochen wohl zu Reliquien eines Heiligen verwandeln können. Vertretet Euren Glauben standhaft, und die Schafe werden Euch nachfolgen. Dann werden sich auch die Wunder einstellen.«
Marx Welser seufzte. Langsam hatte er das Gefühl, als würde ihm der Boden unter den Füßen weggezogen.
»Ihr werdet das Geld erhalten, Kardinal, damit unser Augsburger Bruder in geweihter Heimaterde ruhen kann. 700 Gulden stehen morgen Eurer Kammer zur Verfügung. Mein Wort gilt.«

Marx Welser wollte nach dem Kästchen greifen und es schließen, aber der Fürstbischof legte seine Hand darauf.
»750 Gulden, Stadtpfleger. Das Kästchen ist aus Ebenholz, mit Sammet ausgeschlagen und hat seinen Preis.«
Marx Welser lief rot an. In ihm stieg ein Zorn auf, den er nur mühsam beherrschen konnte. Siebenhundertfünfzig Gulden für einige Knochen, deren Echtheit er nicht einmal kannte. Er musste sich zügeln, denn einen Misserfolg würde ihm die Sattlerzunft nicht verzeihen. Stumm nickte er.
»Bis morgen!«
Der Kardinalbischof schlug ein Kreuz über dem Haupt des Stadtpflegers, faltete die Hände zu einem kurzen Gebet und streckte Marx Welser schließlich die Hand hin, damit dieser seinen Amtsring küssen konnte. Die Finger des Kardinalbischofs waren voll der wertvollsten Edelsteinringe. Marx Welsers einziger Trost war, dass die Gebeine, oder jedenfalls deren kümmerliche Relikte, in der Kirche eines Bettelordens beigesetzt wurden.

Erläuterung

Der Augsburger Sattlergeselle Wolfhard oder Gualfardus hatte sich an der Etsch bei Verona eine Klause eingerichtet und dort ein gottgefälliges Leben geführt. Späterhin siedelte er nach Verona über. Er soll Wunder gewirkt haben, auch nach seinem Tod. Dafür wurde er heilig gesprochen. Am 27. Oktober 1602 wurden Reliquien des Heiligen auf Betreiben Marx Welsers nach Augsburg überführt und der öffentlichen Verehrung zugänglich gemacht. Das Geburtshaus des Sattlergesellen am Schwalbeneck ziert noch heute sein stilisiertes Bildnis und eine Gedenktafel.

Das Gelöbnis

Der Wagen rasselte über die Brücke beim Roten Tor und der Kutscher zog seinen Mantel sofort enger, als er den Schutz der Stadtmauer verließ und auf den Wagenhals hinausrollte. Es dämmerte früh an diesem Spätherbsttag. Die Sonne war den ganzen Tag nicht hervorgekrochen und jetzt lag der Geruch aufziehenden Nebels in der Luft. Die Pferde fühlten die herabsinkende Kälte und waren nur durch die Peitsche noch zu bewegen. Der Kutscher verfluchte seine Herrin mit ihren Launen, die sich im Inneren der Kutsche in warme Decken wickeln konnte, während er sich auf dem Bock die Beine und Hände abfror und der Bart vor Nässe troff.

»Beeilt Euch, Kutscher!«, rief vom Wageninneren Regina von Imhof.

Der Kutscher trieb wie zur Antwort die Rosse schärfer an, indem er die Peitsche härter über ihren Ohren knallen ließ, aber schon schweiften bodennah Nebelwolken über den Weg, die alle Geräusche dämpften, als würde die Luft dickflüssiger und schwerer. Er kannte den Weg zum Schloss seiner Herrin in Untermeitingen und konnte ihre Vorliebe dafür verstehen. Es lag herrlich zwischen Lech und Wertach und bot ihr ausreichend Rückzug vor ihrem Gemahl, dem Bürgermeister Raimund von Imhof, einem jähzornigen und in seiner Wut handgreiflichen Mann.

»Wollen wir hoffen, Herrin, dass uns der Weg nicht abhanden kommt«, murmelte der Kutscher trotzdem.

Es war, als würden sie in eine weiße Wand hineinfahren, so schnell und dicht umhüllte sie bald der Nebel. Die Pferde zogen unruhig und ungleichmäßig, so dass der Kutscher die Geschwindigkeit drosseln musste. Es war ihm überhaupt recht, denn bei dieser Suppe mussten sie

darauf achten, dass sie nicht dem Lech oder der Wertach zu nahe kamen. Die letzten Überschwemmungen hatten neue Flussarme gegraben, und so mancher vermeintlich sichere Weg führte jetzt direkt ins Wasser.
»Kutscher, beeilt Euch. Ich möchte ins Schloss, bevor es dunkelt.«
Der Kutscher knurrte kurz über die Ungeduld seiner Herrin, verlangsamte aber stattdessen die Fahrt.
»Es ist unmöglich, Herrin, schneller zu fahren. Ich kann nicht einmal mehr den Boden erkennen. Wer weiß, wohin wir fahren?«
Hinter ihm blieb es ruhig. Offenbar hatte Regina von Imhof verstanden, was unter den Umständen geboten war. Der Kutscher hielt etwas nach rechts, denn sie mussten die Wertach entlang. Der Nebel schluckte Geräusche und Zeitgefühl. Der Kutscher konnte nicht sagen, wie lange sie unterwegs gewesen waren, aber sie hätten längst die Ortschaft Bobingen erreichen müssen. Der Wagen schaukelte unruhig und die Pferde stampften schwer, als müssten sie durch tiefes Gelände. Der Kutscher lauschte in die Runde und hörte von links ein Rauschen, das klang, als würde sich dort der Fluss durch einen Damm aus Todholz zwängen. Aber links lag der Lech und er hatte die Kutsche doch eigens nach rechts dirigiert, damit sie die Wertach entlang fahren konnten. Die Wertach war weit ungefährlicher als der Lech mit seinen Schnellen. Für einen Augenblick fühlte sich der Kutscher unwohl. Fuhren sie noch nach Süden, oder hatten sie in dieser weißen, feuchten Suppe bereits einen Bogen geschlagen und waren auf dem Rückweg. Er getraute sich nicht anzuhalten und die Bodenbeschaffenheit zu überprüfen. Wieder ließ er die Pferde nach rechts laufen und gab ihnen die leichte Peitsche. Mit hoch erhobenen Köpfen zogen sie vorwärts, die Augen weit geöffnet vor Furcht, soweit er das erkennen konnte. Der Wagen schwankte hin und her. Der Kutscher war bereits völlig durchnässt von Nebel und Angstschweiß, weil er sich sicher war,

dass er sich in der endlosen Nebelbrühe verirrt und den Weg verloren hatte. Er durfte nicht einmal die Pferde anhalten lassen, weil er nicht wusste, ob sie die Kutsche dann wieder anziehen konnten, so weich und tief war der Weg. Seine Herrin Regina von Imhof hatte sich nicht mehr gerührt, aber auch sie musste ahnen, dass mit ihrer Reise nach Untermeitingen etwas nicht stimmte. Plötzlich griffen die Hufe und die Wagenräder rollten auf hartem Grund. Sofort zügelte der Kutscher und sprang vom Bock herab. Er überprüfte den Boden. Sie hatten einen befestigten Weg gekreuzt. Er lief einige Schritte die Straße entlang, um sich ein Bild davon zu machen, in welche Richtung sie führte, vermied es dabei aber, sich allzu weit vom Wagen zu entfernen. Der Nebel verschluckte die Kutsche sofort. Während der Kutscher die Pferde untersuchte, öffnete sich der Verschlag.
»Kutscher?«
Die Stimme Regina von Imhofs klang dünn und verstört.
»Herrin?«
Der Kutscher trat näher.
»Warum haltet Ihr?«
»Wir hatten den Weg verloren, Herrin. Aber die Straße, sie führt beinahe geradeaus. Ich werde ihr folgen.«
Regina von Imhof beugte sich aus dem Verschlag. Bleich sah sie aus, weiß wie der Nebel, der um sie her in dichten Schwaden waberte.
»Es war nicht recht, dass wir noch gefahren sind, nicht? Wohin führt der Weg?«
»Ich weiß es nicht, Herrin.«
Regina von Imhof führte ihre Hand an den Mund und unterdrückte einen kleinen Schrei.
»Bringt mich nach Untermeitingen, Kutscher, es soll Euer Schade nicht sein.«
Der Kutscher räusperte sich, dann schwang er sich auf den Kutschbock und trieb die Pferde an. Wie von selbst blieben diese auf der befestigten Straße, und obwohl der

Nebel dichter zu werden begann, so dicht, dass er nicht einmal mehr die Pferdeköpfe erkennen konnte, und die Nacht langsam hereinzubrechen drohte, schritten sie schnell aus.
Das Rauschen schwoll plötzlich an. Der Kutscher riss an den Zügeln, die Kutsche kränkte auf einer Seite ein. Aus ihrem Inneren hörte er einen Schrei. Die Pferde standen. Der Kutscher sprang vom Bock und rannte nach vorne.
Keine Handbreit vor dem ersten Gaul war die Straße weggebrochen und der Fluss, mochte es Wertach oder Lech sein, hatte alles mit sich gerissen. Wie durch ein Wunder waren sie dem Schicksal entronnen, in den Fluss zu stürzen.
Mit der Hand kratzte sich der Kutscher den Bart, dann tastete er sich zum Verschlag zurück. Regina von Imhof stand bereits neben dem Wagen, kreideweiß im Gesicht.
»Die Straße führte geradewegs ins Wasser!«, flüsterte der Kutscher, und seine Herrin schlug zuerst ein Kreuz auf ihrer Brust und dann die Hände vors Gesicht. Der Kutscher wartete, bis seine Herrin sich beruhigt hatte, dann half er ihr zurück ins Wageninnere. Er hörte, dass sie ein Gebet sprach. Er wollte den Verschlag schließen, als sie ihn noch einmal rief.
»Kutscher. Ich werde eine Kapelle stiften, sollten wir Untermeitingen je gesund erreichen!«
»Ja, Herrin. Hoffentlich erhört Gott Euer Flehen«, murmelte der Kutscher.
Wieder schwang er sich auf seinen Bock und zerrte die Pferde an der Unglücksstelle vorbei, wobei die Kutsche selbst bedenklich schwankte und sich dem Fluss zuneigte. Dann hielt er sich knapp links des Flusslaufs.
Sie waren noch keine halbe Stunde weit gekommen, als plötzlich die Nebelwand aufriss und vor ihnen ein Schloss im Licht der untergehenden Sonne auftauchte: Untermeitingen.
Der Kutscher zügelte die Pferde. Links von ihnen verlief die befestigte Straße. Noch bevor er die Pferde antrieb

und auf den Weg zurück lenkte, gebot Regina von Imhof ihm, den Peitschenstock in die Erde zu stecken.
»Dort will ich meine Kapelle bauen lassen!«, schwor sie in seinem Beisein.

Erläuterung
Regina von Imhof war die Gattin des Augsburger Patriziers Raimund von Imhof, der allerdings in der Stadtpflegerliste nicht auftaucht, obwohl die Sage ihn als Bürgermeister ausweist. Im Jahr 1602 stiftete Regina von Imhof die Wallfahrt »Zu unserer Lieben Frauen Hilf«. Die Kapelle wurde an dem Ort gebaut, von dem aus sie ihr Schloss Untermeitingen nach einer langen Fahrt im Nebel zuerst erblickte. Die einfache Rundkapelle wurde von Elias und Esaias Holl ausgeführt und ist der bauliche Grundstock der heutigen Wallfahrtskirche von Klosterlechfeld.

S'Turamichele

Christoph, Christoph, wenn man diesen Racheengel sieht, glaubt man, er müsse herabsteigen und das Jüngste Gericht über dieser Stadt einläuten.« Der Instrumentenbauer Georg Marquart umrundete das Schnitzwerk Murmanns, strich sich über den Bart und grinste bis über beide Ohren. »Die Stadtoberen werden ab jetzt den Hintereingang des Rathauses benutzen. Sie müssen ja Angst davor haben, selbst vom Erzengel aufgespießt zu werden, wenn sie vor ihm vorbeilaufen.«
Murmann nickte. Er stand auf einem Schragen und holte dem Erzengel mit einem Beitel eine üppige Lockenpracht aus dem Holzblock.
»Würde ihnen gut tun. Vielleicht denken sie dann mehr an die Sorgen ihrer Bürger als an ihre Sorgen, wie sie sich die üppigsten Pfründen sichern können.«
Beide Männer lachten ausgiebig. Es hallte im Gaden wider, der in einem Haus am Abhang des Oberbergs hinunter zur Unterstadt lag. Durch die großen Lichtfenster stürzte die Sonne regelrecht in den Raum.
Murmann stieg von seinem Gerüst, klopfte sich die Holzspäne vom Wams und maß seine Arbeit von unten mit einem kritischen Blick.
»Soll ich den Blick noch finsterer machen?«
»Der Ratsherren wegen? Unnötig. Über so viel Gespür verfügen sie nicht, dass sie bemerken werden, wem die zusammengezogenen Brauen drohen sollen.«
Der Bildhauer und der Uhrmacher begrüßten sich mit einem herzlichen Handschlag. Christoph Murmann holte aus einem Eimer mit kühlem Wasser einen Krug Bier und reichte ihn dem Uhrmacher weiter. Sie setzten sich auf eine Bank an einer der Wände und tranken schweigend. Endlich lehnte sich Murmann zurück und streckte zufrieden die Beine von sich.

»Was führt dich zu mir, Georg?«, hakte Murmann ein.
»Der Teufel, Christoph, der Teufel.«
Murmann, der sich eben einen dritten Schluck aus dem Krug genehmigt hatte, sprühte das Bier über den Boden des Raumes.
»Wer? Verflucht, Hans, beinahe hätte ich das Bier hier eingeatmet und nicht getrunken.«
Etwas ratlos sah Murmann seinen Banknachbarn an.
»War der Stadtpfleger bei dir zu Hause?«
Marquart lachte. »So schlimm ist es wieder nicht gewesen. Kein Besuch der Stadtobrigkeit.«
»Nun, Georg, bei allen anderen Bedrohungen und Unglücksfällen weiß ich Hilfe. Also, was drückt dir aufs Gemüt?«
Georg Marquart stand auf und umrundete die Figur des Erzengels. Hinter dessen Rücken blieb er stehen, holte ein Maßband hervor und begann vor sich hin zu murmeln und zu messen. Neugierig gesellte sich Murmann dazu.
»Was um alles in der Welt machst du?«, fragte er endlich.
»Rechnen und messen, Kollege.«
»Willst du mich auf den Arm nehmen? Ich habe die Figur vermessen. Der Körper passt genau in die Fensteröffnung, die Elias Holl gelassen hat. Ja, sie ist sogar etwas kleiner, damit sie höher stehen kann. So ist der Teufel von unten ganz zu sehen.«
Marquart ließ sich nicht aus der Ruhe bringen. Mit einem Stift malte er auf ein mitgebrachtes Blatt Papier Linien und Zeichen. Endlich unterbrach er seine Arbeit und blickte Murmann in die Augen.
Die Sonne schickte ihre Strahlen schräg in den Gaden hinein. Die Sprossen der Fenster teilten die Figur in drei gleich große Stücke und fielen so, dass Marquarts Gesicht beschienen wurde.
»Ich habe mit Hans Schlym bereits gesprochen. Er sagt, dass es möglich ist.«

Murmann hatte längst seinen Beitel wieder in die Hand genommen und an St. Michaels Faltenwurf weitergeschnitzt. Jetzt drehte er sich zu dem Instrumentenbauer um.

»Ach ja?«

Marquart sah den Bildschnitzer ernst an.

»Christoph. Es liegt jetzt an dir. Wenn du nein sagst, lassen wir alles beim Alten. Das wäre nicht weiter tragisch. Doch überleg. Wir Künstler aus Augsburg sollten es den Stadtoberen mit ihren breiten Gesäßen doch einmal zeigen. Nicht lange hin und her und zögern und zaudern, ob Städter das können, was man auch teuer von außerhalb einkaufen kann.«

Christoph Murmann hatte beschlossen, sich wieder zu setzen. Er kannte seinen Georg Marquart. Wenn der mit Erklärungen begann, war man auf der sicheren Seite, wenn man festen Boden unter dem Hintern hatte. Er war mindestens so umständlich wie die Erklärungen der Augsburger Stadtpolitik.

»Die Idee kam mir, als ich die Reichle-Plastik vor dem Zeughaus gesehen habe. Schön anzusehen, auffällig. Doch was kann sie nicht?«

Der Bildschnitzer zuckte mit den Achseln. Was sollte eine Bronzefigur können und was nicht?

»Leben? Fliegen? Reden?«

Georg Marquart verdrehte die Augen und zog den Mund schief.

»Sie kann sich nicht bewegen.«

»Aja!«, bestätigte Murmann. »Wusst ich's doch.« Dabei hatte er keine Ahnung, warum gerade dieses Unvermögen ausschlaggebend für Bronzefiguren sein sollte.

Der Instrumentenbauer, der sich zu Murmann herabgebeugt hatte, um ihn eindringlich mit dem Problem vertraut machen zu können, richtete sich jetzt zur vollen Größe auf.

»Schlym und ich haben uns Folgendes ausgedacht ...«

Während Marquart sich die Lanze griff, die gegen eine der Mauern lehnte und die dem Erzengel in die Hand gegeben werden sollte, holte sich der Bildschnitzer einen Beutel mit Tabak aus dem Säckel und schnupfte eine Prise. Das Drumherumgerede machte ihn ganz wirr im Kopf und ein Schnupf befreite – zumindest für kurze Zeit.

Marquart stellte sich vor Murmann hin und stach mit der Lanze immer wieder gen Boden. Dabei sah er den Bildschnitzer an, als müsse der vor lauter genialer Deutung des Problems ohnmächtig hintenüberfallen.

»Und was soll das jetzt?«, wagte Murmann ganz unschuldig zu fragen und erntete verdrehte Augen und ein mitleidiges Gesicht. »Willst du Modell stehen?«

»Nein, Christoph! Sieh doch her. Unsere Idee ist, die Arme der Figur beweglich zu machen und den Erzengel mit dem Glockenschlag zusammen den Teufel stechen zu lassen. Zwölf Uhr, zwölf Stiche.«

In diesem Augenblick schlug die Uhr von St. Ulrich herüber.

»Einmal, zweimal, dreimal, viermal!«, zählte Marquart mit und stach geistesgegenwärtig mit dem Glockenschlag auf einen imaginären Teufel ein.

Christoph Murmanns Gesicht hellte sich auf.

»Das wäre neu – und vor allem wäre es, als würde der Teufelsstich wieder von einer lebenden Person dargestellt. So wie früher.«

»So wie früher«, lachte Marquart.

»Das geht?«

»Wenn du den Erzengel ein wenig aushöhlst, damit ich das Stangenwerk einbauen kann. Hans Schlym will die bewegliche Fußplatte bauen und das Werk mit der Turmuhr verbinden. So kann der Michael aus dem Fenster fahren und ist noch besser zu sehen.«

Murmann war aufgestanden. Jetzt hielt auch ihn nichts mehr auf seiner Bank. Er lief um den halbfertigen Engel herum, begutachtete die Arbeiten, die dazu nötig wären, bemerkte, dass selbst die Arme richtig angeordnet waren, so dass sie beweglich gemacht werden konnten.

»Schlag ein, Christoph.« Erwartungsvoll streckte der Uhrmacher die Hand aus. »Mit Schlym bin ich einig. Nur die Sesselhocker aus dem Rathaus ...«
»Ich schlag ein, Georg. Sie brauchen nichts zu wissen. Wenn wir fertig sind, werden sie's früh genug erfahren. Jawohl.«
»Die Figur des Erzengels Michael soll herausfahren aus dem Fenster und mit jedem Glockenschlag dem Teufel die Lanze einstoßen.«
»Ins Maul«, grinste Marquart. »Denn wer das Maul gegen unseren Michael allzu sehr aufreißt, Christoph, dem stoßen wir die Lanze rein!«
Beide lachten und besiegelten mit einem Bier das neue Turamichele.

Erläuterung

Erwähnt wird eine Figur des Erzengels Michael bereits seit 1526. Zur Michaelidult sticht der Erzengel seine Lanze in den Rachen des Bösen, des Teufels. Die Tradition dürfte allerdings schon älter sein und langsam von St. Ulrich und Afra an den Perlach gewandert sein. Die Steinfigur, die heute noch als Schlangenkopf der Cisa-Göttin im Archäologischen Museum steht, könnte den eigentlichen Ursprung des Teufelsstichs darstellen. Die katholische Kirche tötete mit der keltischen Göttin Cisa symbolisch den alten Aberglauben. Dass gerade 1526, nachdem Luthers Lehre in der Stadt Fuß gefasst hatte, die Figur ihren ersten Auftritt absolvierte, kann symbolisch gedeutet werden. Michael stößt den glaubensabtrünnigen Luziferius in den Abgrund.
1616 wurde vom Bildhauer Christoph Murmann (1564-1630) ein hölzerner Erzengel Michael mit beweglichen Armen geschnitzt und reich bemalt. Die Uhrmacher Georg Marquart und Meister Hans Schlym haben die Figur mit einem kunstreichen Werk ausgestattet und mit der Perlachturmuhr verbunden. Dieses Turamichele überstand die Anfechtungen der Zeiten, bis es 1806, mit der Angliederung Augsburgs an

das Königreich Bayern, von den bayerischen Wittelsbachern verboten wurde. Erst 1823 durfte er wieder alljährlich am 29. September an seinem angestammten Platz den gefürchteten Teufel töten.

Die Mär von der Jakobine Lauber

Durchs ganze Haus hörte man das Pochen.
Die Familie des Ratsherrn Lauber stand dicht gedrängt im Empfangsraum. Im Sessel saß Jakobine, seine jüngste Tochter, und schluchzte fortwährend in ihr Taschentuch. Ihre Mutter strich ihr übers Haar.
»Ausgerechnet beim Fest- und Siegesbankett!«
Vater Lauber schritt seit Stunden wortlos auf und ab. Kein Auge hatte er zutun können. Der Diener an der Tür, der beim ersten Klopfen eingetreten war, hob fragend eine Augenbraue und der Hausherr gebot ihm, nach dem Begehr zu fragen.
»Es ist eine Schande, Kind«, polterte der alte Lauber wieder los. »Du stürzt dich und deine Familie ins Unglück. Wenn es nur nicht Gustav Adolf gewesen wäre. Ein anderer, ein Geck, ein unbedeutender Schwed, dann gut. Aber ausgerechnet Gustav Adolf! Der König!«
Jakobine Lauber sank noch tiefer in ihren Sessel.
»Ich seh mich schon im Kerker sitzen und die Fehler meiner Tochter zwischen Ratten und fauligem Wasser ausbaden.«
»Was Ihr auch redet, Mann. Hätte sie sich ihm vor aller Augen hingeben sollen?«
Die Lauberin stemmte die Hände in die Hüften.
»Bah. Soweit hätte es nicht zu kommen brauchen, Frau.«
»Nie wieder hätte sie unter die Leute gekonnt. Zum Gespött der Stadt wären wir herabgesunken.«
Der Ratsherr Lauber hielt in seinem Schritt inne und lauschte auf die Stimmen unten beim Eingang.
»Lieber zum Gespött werden, als verarmen oder im Schandturm liegen. Sie holen uns!«

Jakobine Lauber, die seit Stunden kein Wort mehr hervorgebrachte hatte, erschrak.

»Aber er hat mich gedrückt und berührt, Vater«, schluchzte Jakobine. »Und das war unrecht.«

»Außerdem, wer hat sie denn gedrängt, an dem Bankett teilzunehmen, um einen möglichst günstigen Eindruck zu erwecken. Ich? Sie selbst? Nein, Mann, Ihr wart es, der mit ihrer Schönheit Vorteile für sich herausschlagen wollte. Ihr hättet sie doch an jeden Beliebigen verschachert.«

Der Ratsherr Lauber raufte sich die Haare, den Schandturm und seine feuchten Zellen lebhaft vor Augen.

»Aber dafür musste sie ihm nicht die seidene Halskrause zerreißen. Vor den Augen des höchsten Adels und der Stadtoberen. Sie hat ihn sogar mit Fäusten traktiert, nur weil seine Hände nicht immer dort waren, wo sie hingehören. Und damit hat sie seine Ehre verletzt. Dieser Löwe aus Mitternacht braucht jetzt ein Opfer. Wie stünde er sonst da, der schwedische Barbar?«

Jakobine Lauber hatte sich aufgerichtet und sah ihren Vater erbost an.

»An die Ehre Eurer Tochter denkt Ihr dabei nicht, Vater!«

Der Diener betrat den Raum, schloss die Tür hinter sich und meldete zwei hohe Offiziere des Schwedenkönigs Gustav Adolf. Sie wünschten mit dem Hausherrn Lauber und seiner Tochter Jakobine zu sprechen.

Ratsherr Lauber schien in sich zusammenzufallen. Die Schultern sanken nach vorn, der Rücken wölbte sich unter der Nachricht. Sie würden ihn holen, und seine Tochter schlimmstenfalls auch. Kreidebleich gebot er:

»Ich lasse bitten!« Dann wandte er sich zu seiner Familie um. »Kind, komm her. Tugend ist etwas Schönes, zum falschen Zeitpunkt aber kann sie verhängnisvoll sein.«

Jakobine Lauber schluchzte auf, blieb aber sitzen.

Auf der Treppe hörte man Schritte. Es klopfte und der Diener kündigte die beiden Offiziere an.

Die Familie ging auf die Knie, als die beiden Schweden

den Raum betraten. Der Ratsherr Lauber war blass, aber gefasst. Seine Verbeugung reichte beinahe bis auf den Boden.

»Ratsherr Lauber«, begann der ältere der beiden Offiziere, indem er einen Brief auffaltete und daraus vorlas. »Ihr habt eine schöne und ebenso tugendreiche Tochter. Wir, Gustav Adolf, König der Schweden, Herr und Beschützer des protestantischen Glaubens, Wahrer der Tugend und Förderer der Wissenschaften haben uns in unwürdiger Manier, vom Weine zu sehr animiert, Eurer Tochter genähert und sie beim Tanze unstatthaft bedrängt. Ihre Standfestigkeit hat uns eine Lektion erteilt. Wir haben es gerne gesehen, dass wir von Eurer Tochter gemahnt wurden, auch im Feindesland Tugend, Zucht und Ordnung einzuhalten. Zum Dank dafür möchte ich Eurer Tochter die zerrissene Halskrause Ihres Königs zur ewigen Erinnerung aushändigen und sie gemahnen, weiterhin auf ihrem Pfade der Tugend voranzuschreiten.«

Der ältere der Offiziere schloss den Brief, gab dem jüngeren ein Zeichen, und der händigte Jakobine Lauber eine Hutschachtel aus, in der offenbar die Halskrause verpackt war.

»Den Herrn Vater aber, der vermutlich seiner Tochter die bittersten Vorwürfe gemacht hat, bitten wir, Gustav Adolf, König der Schweden, zu einer Unterredung und zu einem Essen im engsten Kreis.«

Ratsherr Lauber verbeugte sich wieder, um seine Unsicherheit und die weichen Knie zu verbergen. Schweiß stand auf seiner Stirn.

Er fühlte sich beschämt, als er ins verweinte Antlitz seiner Tochter blickte.

Erläuterung

Jakobine Lauber, die Tochter eines Augsburger Bürgers, soll 1632 die Annäherungsversuche des Schwedenkönigs Gustav Adolf zurückgewiesen und dessen Halskrause dabei zerris-

sen haben. Der Schwede hatte zuvor Augsburg besetzt. Bei einem Fest zu Ehren des Siegers zeigte sich die Bürgerstochter standhaft. Gustav Adolf, in dessen Heer eine strenge Disziplin herrschte, nahm sich seine Verfehlung wohl zu Herzen und ließ Jakobine Lauber am nächsten Tag sowohl die Halskrause als auch einige Schmuckstücke bringen.

Der Platz im Himmel

»Wie weit ist es noch, Vater? Mir tun die Beine weh.«
»Der Weg in die Höhe ist immer beschwerlich«, sagte Elias Holl und nahm den Sohn an der Hand. »Man muss ihn sich verdienen.« Dass der Weg hinab dafür umso schneller und mindestens ebenso schmerzhaft war, ja sogar tödlich sein konnte, behielt er für sich.

Die Steinstufen des Turminneren wurden durch hölzerne Leitern abgelöst, die an der Außenwand aufgerüstet waren und unter dem Gewicht von Mann und Junge ächzten. Wind pfiff ihnen um die Ohren. Der Junge stieg voran, geschützt durch die Arme des Vaters.

Die Stadtherren hatten sie hinter sich gelassen. Ihnen war der Aufstieg bis hinauf zur Laterne zu beschwerlich gewesen. Sie hatten vermieden, das Wort »Angst« in den Mund zu nehmen und hatten von Verantwortlichkeit gesprochen, die hier in der Hand Holls liege, des Stadtwerkmeisters. Nur der Bürgermeister stieg vor ihnen das Gerüst empor. Der Stadtpfleger Welser hatte es sich nicht nehmen lassen, die letzten Handgriffe selbst zu beaufsichtigen und auszuführen, was Elias Holl ärgerte. Auf den Perlachturm sollte die goldene Kugel aufgebracht und darüber die Cisa, die keltische Stadtgöttin, befestigt werden. Elias Holls Idee war es gewesen, mit letzter Hand das Werk zu vollenden. Jetzt stieg ihnen der Magistrat voran, die Urkunde im Lederfutteral umgehängt.

»Es ist arg hoch, Vater«, stöhnte der kleine Elias und verhielt den Schritt. Er klammerte sich mit seinen kleinen Händen an die Sprossen der Leiter.

»Man darf nicht nach unten sehen, solange man steigt«, erklärte der Vater. »Richte den Blick nach oben.« Der kleine Elias gehorchte. Das Zittern des Jungenkörpers

übertrug sich auf den Vater. Der Kleine kämpfte gegen die Angst an.
Zweifel überkamen Elias Holl, ob es richtig gewesen war, den Vierjährigen zu überreden, ihm auf den Perlach hinauf zu folgen. Der Aufstieg zehrte an dessen Kräften. Doch es gab kein Zurück mehr. Von hier aus war es weiter hinab als hinauf.
Von oben winkte der Kupferschmied, der die Befestigung des vergoldeten Turmknopfes überwachte und die beiden Halbschalen vor Ort zusammensetzen würde.
»Geh langsam weiter, Elias«, sagte der Vater sanft und zwang den Sprössling, Schritt für Schritt höher hinaufzuklettern.
Auf dem Platz vor dem Perlachturm drängten sich die Menschen und reckten die Hälse. Es war ein besonderer Tag, denn mit der Befestigung der Turmkugel und der Cisa sollte nicht nur der Glockenturm eingeweiht werden und die Ratsglocke wieder läuten, es sollte auch ein Zeichen gesetzt werden. Niemand sprach darüber, doch alle wussten es. Elias Holl, der von seinem Rastplatz aus die Menschen unter sich musterte, musste beinahe lachen. Nirgends fanden sich schwarze Soutanen oder Beffchen. Die Geistlichkeit konnte dem heidnischen Akt der Bekrönung nichts abgewinnen.
»Noch zwei Leitern, Elias, und du hast es geschafft.«
»Ich spüre die Beine nicht mehr, Vater«, jammerte der Kleine, doch Elias Holl ließ die Ausrede nicht gelten. Er fühlte das Schwanken des jungen Körpers.
»Wenn du oben bist, kannst du dich ausruhen.« Entschlossen setzte Elias den Weg fort und drängt seinen Sohn aufwärts.
Die letzten Sprossen quälte sich Elias Holls Sohn aufwärts, und dem Vater tat es in der Seele weh, dem Jungen die Anstrengung abverlangt zu haben. Er schwor bei sich, solche Spiele zukünftig zu lassen.
»Holl, das ist ein luftiger Platz«, begrüßte ihn der Stadtpfleger Welser. »Hoch über der Stadt.«

Er drehte sich zu den Domtürmen hinüber und ein spitzbübisches Schmunzeln schnitt sich in seine Miene.
Die Knie des kleinen Elias zitterten, als er die letzte Plattform erreichte. Sein Vater legte ihm die Hand auf die Brust und drückte ihn an sich. Vor ihnen stach die vergoldete Stange in den Himmel und darüber, etwa auf Augenhöhe, steckte die Unterschale aus vergoldetem Kupfer. Ein Baukran hievte eben noch die oberste Schale mit der Cisa-Göttin empor. Halb so groß wie ein Mensch.
Holl begrüßte den Kupferschmied mit Handschlag und achtete zuerst auf den Fortgang der Arbeiten.
»So hoch war ich noch niemals, Vater!«, unterbrach Elias die Gedanken des Baumeisters.
In seiner Stimme schwang die Angst vor der Höhe mit.
Elias Holl nickte. »Schau nach unten. Angst brauchst du nicht zu haben. Wenn das Gerüst vernünftig aufgebaut ist, trägt es dich und mich und den Herrn Stadtpfleger. Es gehört Sorgfalt dazu, dass die Angst der Sicherheit weicht.«
Der Junge nickte verunsichert, weil die Höhe wirklich ungewöhnlich war. Sie standen jetzt bereits auf derselben Höhe der beiden Türme vom Dom gegenüber. Und vor ihnen erhob sich noch ein Rest des Kupferdachs, die Spitze und die untere Halbkugel des Perlachs. Wenn die Kugel geschlossen und die Cisa aufgepflanzt war, dann überragte er die Türme der Bischofskirche.
Welser schien ähnlich gedacht zu haben, denn er flüsterte dem Werkmeister Holl sein »Stadtturm vor Kirchturm« in den Nacken.
Versonnen blickte Holl hinüber zu den spitzen Hüten des Mariendoms. Wie Pfähle stachen sie in den Himmel, als wollten sie den Glauben vom Himmel herabspießen. Er beugte sich zu seinem Sohn herab und zeigte nach unten.
»Hab keine Furcht, Bub. Die Höhe soll uns die Ehrfurcht lehren«, flüsterte er ihm ins Ohr. »Weißt du, was Ehrfurcht ist?«

Der Junge nickte heftig.
»Achtung vor Kaiser und Gott, Vater, weil sie so hoch über uns stehen und über uns verfügen können.«
Spöttisch verzogen sich die Mundwinkel des Werkmeisters Holl.
»Und jetzt schau hinunter, Kind. Was siehst du?«
»Alles sieht so anders aus. So klein, als wären die Häuser Puppenspielzeug und die Menschen ... die Menschen ...«
Der Junge fand keine Worte dafür.
»Ameisen«, ergänzte Elias Holl und seine Stimme wurde lauter. »Das ist es, was ich dir zeigen wollte«, sagte er und hob seinen Sprössling auf den Arm. »Wer über den Dingen steht, sieht das Kleine nicht mehr. Er glaubt sich weit über der Welt – und verkennt, dass er seine Höhe nur dem starken Fundament verdankt, das im Gemeinwesen unter ihm ankert.«
Der Junge nickte artig, doch sein Blick verriet dem Werkmeister, dass er nichts von alledem verstand, was der Vater ihm erklärt hatte. Die Botschaft war dennoch angekommen. Als Holl sich umwandte, streifte sein Blick den des Stadtpflegers. Der verengte die Augen zu Schlitzen und lächelte säuerlich.
»Jetzt kommt das eigentliche Abenteuer«, brummte der Vater, und bevor sein Sohn oder der Stadtpfleger Welser protestieren konnten, hob er den Buben über seinen Kopf weg in die Halbschale des Turmknopfes.
»Holl!«, schrie der Stadtpfleger und wollte nach dem Kind greifen, doch er unterschätzte die Höhe und seine Trittsicherheit, geriet ins Schwanken und musste sich am Geländer festkrallen. Kreidebleich pendelte sein Blick zwischen Vater und Sohn hin und her.
Im ersten Moment klammerte sich der junge Elias an den Schalenrand. Die Spitze, auf der später Knopf und Cisa stehen sollten, hielt jedoch ohne zu schwanken. Zuerst schaute Elias mit großen Augen um sich, bis er begriff, dass er am höchsten Punkt der Stadt saß. Vorsichtig drehte er den Kopf, sah hinter sich, sah zu den Türmen

des Domes hinüber und stieß schließlich einen Jauchzer aus, der weit hinaus schallte ins Land.

Elias Holl lachte zufrieden.

»Es scheint ihm ein ganz besonderer Spaß zu sein«, musste sich auch der Stadtpfleger eingestehen, der die Urkundenrolle vom Hals nahm, die er im Knopf verstauen wollte.

»Er wird es sein Leben lang nicht vergessen«, lachte Holl und sah über die Stadt hinweg. »Und das ist gut so. Denn wer einmal in seinem Leben über allem gestanden hat, der kann nie mehr gebeugt werden, weil er von anderem weiß, als von der Enge im Kopf.«

Er hob den Jungen aus der Kugel und stellte ihn neben sich.

In ihm wird sich niemals eine Untertanenseele herausbilden, weil sie das Göttliche geatmet hat, dachte der Werkmeister zufrieden.

Erläuterung

Der Werkmeister Elias Holl (1573-1646) prägte mit seinen Gebäuden entscheidend das architektonische Bild der Stadt Augsburg. Die berühmtesten Werke und gleichzeitig architektonische Meisterwerke sind das Rathaus, das Zeughaus und die Stadtmetzg. Auch die Erhöhung des Perlachturms von 63 auf 70,4 Meter verdanken wir dem Stadtwerkmeister. Dabei wurde die Ratglocke vom alten gotischen Rathaus mit ihren 45 Zentnern umgesetzt und in den Turm eingebaut. Das Gerüst allein war ein Geniestreich, denn man musste dafür keinerlei Befestigungslöcher in den Turmkörper schlagen. Mit der keltischen Stadtgöttin Cisa als Wetterfahne geschmückt, überragte der Perlach auch die beiden Domtürme und wurde so zum höchsten Punkt der Stadt, was die Bedeutung des Augsburger Bügertums gegenüber dem Bischof unterstrich.

D'r Stoinerne Ma

Konrad Hackher presste die Handflächen gegen die Ohren. Seit Stunden wimmerten seine Kinder und die seiner Schwägerin in der Wohnung über der Backstube vor Hunger. Und er stand hier unten zwischen Trögen und Mehlkisten und sah verzweifelt in die leeren Behälter.

Tränenüberströmt und blass betrat seine Frau die Backstube:

»Mann, die Kinder haben Hunger!«

Konrad Hackher nahm seine Frau in den Arm und drückte sie. Dann zeigte er rings umher.

»Sieh hin, Frau. Ein armseliger Bäckermeister, der nicht ein Stück Brot in der Lade hat. Und in den Mehlkästen, nicht einmal mehr Mehlstaub, um die hungrigen Mäuler zu stopfen. Selbst die Mäuse haben unsere Stube verlassen, weil sie nichts zu fressen finden.«

»Aber Mann, irgendetwas muss geschehen, sonst sterben wir Hungers.«

»Die kaiserlichen Truppen, die unsere Stadt seit Monaten belagern, müssten abziehen, Frau. Aber das geschieht erst, wenn sich in der Stadt kein Leben mehr regt.«

»Dann unternimm etwas, Konrad!«

»Was soll ein Bäcker denn unternehmen?«, seufzte er und wandte sich ab.

Meister Konrad Hackher trat auf die Straße hinaus. Schwalben huschten über den Himmel. Er sah ihnen nach und wusste, dass er die Tiere beneidete. Ihnen war es egal, wie viele Kaiserliche vor der Stadt in Zelten hausten und ob sie die lebenswichtige Nahrung für die Stadt zurückhielten oder nicht. Wenn die junge Brut in den Nestern schrie, machten sich die Alten auf und fingen ihr Mücken aus der Luft. Er blinzelte ins Sonnenlicht, als ihn plötzlich eine Stimme anrief.

»Meister Hackher, rafft Euch auf. Backt ein Brot!«
Der Bäckermeister sah bestürzt umher, konnte aber niemanden entdecken. Er rieb sich Augen und Schläfen, weil er dachte, er träume.
»Aber«, sagte er, obwohl er niemanden sehen konnte, »womit soll ich backen?«
»Nehmt Sägespäne und Ton, Meister Hackher. Und zeigt den Kaiserlichen Euer Brot!«
Die unsichtbare Stimme klang wie die seiner Frau, aber so viel er umherspähte, er konnte niemanden entdecken.
Der Bäckermeister konnte nicht recht glauben, dass alles, was er gehört hatte, mit rechten Dingen zugegangen war. Sicher war er nur erschöpft und übernächtigt und sprach schon mit sich selbst. Trotzdem gefiel ihm die Idee und er machte sich sofort an die Arbeit. Er holte sich beim Meister Schreiner um die Ecke einen ganzen Korb voller Sägemehl, mengte Ton darunter und schürte das Feuer. Kurze Zeit später war der Laib Brot gebacken.
Noch warm packte er ihn unter den Arm und lief zur Tür hinaus, nicht ohne zuvor seine Pistole geladen und in den Gürtel gesteckt zu haben.
»Frau«, rief er noch. »Ich muss kurz fort zur Stadtmauer!«
Mit dem merkwürdigen Brot unterm Arm und der Pistole im Wams lief er hinauf auf die Stadtbefestigung. Von dort konnte er die Zelte und Truppen der Kaiserlichen erkennen. Zelt reihte sich dort an Zelt, grau und ausgewaschen, dazwischen standen Pferde und die zu Gruppen zusammengestellten Hellebarden der Landsknechte neben den Feuern. Zur Stadt hin verbargen sich die schweren Kanonen hinter Holzwänden. Rufen und Kreischen erfüllte die Luft, als wäre dort unten Jahrmarkt.
Hackher nahm seine Pistole und schoss in die Luft. Sofort breitete sich eine atemlose Stille aus.
»Ho, ho«, rief er hinab und in diese Stille hinein. »Ihr Landbrenner und Plünderer. Ich will euch etwas zeigen!«

Tatsächlich sahen die Landsknechte vor dem Graben zu ihm hinauf. Meister Hackher schwenkte das Brot über seinem Kopf.
»Brot genug!«, schrie er. »Nehmt und esst und erstickt daran!«
Und dann warf der den Laib, einer Eingebung folgend, die Mauer hinab. Mit einer Fontäne tauchte das Brot ins Wasser und ging unter. Hackher sah, wie die Landsknechte vor der Mauer durcheinander liefen, gegen ihn die Fäuste schüttelten und Schimpfwörter zu ihm hinaufschrien. Er wusste, dass die Landsknechte auf dem Feld vor der Stadt ebenso hungerten wie die Städter.
»Sicher verstehen sie die Botschaft sofort«, dachte sich Hackher. »Wer noch solche Brote backen konnte, wer so das Brot wegwerfen konnte, der war nicht zu erobern.«
Hackher fühlte eine innere Freude am Durcheinander, das er ausgelöst hatte. Er beobachtete, wie einige der Landsknechte mit einer ihrer Feldschlangen auf ihn zielten und schossen. Nie hätte er daran gedacht, dass die Kugel treffen könnte. Dass sie ihm den rechten Arm zerfetzte, nahm Konrad Hackher erstaunt wahr. Dann wurde ihm schwarz vor Augen. Tödlich verwundet stürzte er nieder.
»Hat es nun geholfen?«, waren seine letzten Worte.
Es war der Zunftoberste, der die Frage am selben Abend noch beantwortete, als er der Frau des Bäckermeisters die traurige Nachricht vom Tod ihres Mannes brachte.
»Wir werden Euren Mann nicht vergessen«, sagte er tief bewegt. »Die Landsknechte der Kaiserlichen ziehen bereits ab. Er hat die Stadt durch seine Tat gerettet. Wir werden ihm ein Denkmal aus Stein setzen!«

Erläuterung

Die Geschichte soll sich in den Hungerjahren 1634/35 zugetragen haben. In Mitteleuropa herrschte der Dreißigjährige Krieg. Die protestantischen Schweden unter König Gustav

Adolf waren bis Süddeutschland vorgedrungen und hatten Augsburg, Friedberg und München erobert. Aus Augsburg wollten sie ein Heiliges Jerusalem machen und verstärkten die Wallanlagen. Die Schweden mit Johann Georg aus dem Winkel hielten Augsburg besetzt, und die katholischen Truppen des Kaisers unter Generalfeldmarschall von Wahl belagerten die Stadt. Schließlich musste Augsburg nach einer schrecklichen Pest- und Hungerzeit aufgeben, und die Schweden zogen ab. Dass die Aktion Konrad Hackhers die Truppen vor der Stadt vertrieben hat, ist wohl eine Wunschvorstellung der Erfinder dieser Sage gewesen. Historisch belegt ist dies nicht.

Salomon Idler

Der Vogelmensch

»Ein Vogelmensch, ein Vogelmensch«, der Wind trug die Nachricht über die Neugierigen hinweg, die mit ausgestreckten Armen auf die Stadtmauer deuteten, auf den Mann, den Vogel, den Vogelmann, der dort oben stand, die Flügel langsam schlug. Sie erreichte sogar die Bauern, die sich gerade mit ihren Ochsenkarren auf dem schmalen, einspurigen Weg durch das Stephinger Tor den Berg hinaufmühten. Der Ruf »ein Vogelmensch« veranlasste sie dazu, die Karren mit den brüllenden Ochsen auf der engen Zufahrt zu wenden und den Stadtgraben entlang bis zum Jakober Tor ziehen zu lassen.
Zugerufen wurden ihnen die Worte auch von den Stadtbewohnern, die durch den offenen Torbogen hinauseilten und der Stelle zwischen Jakober und Stephinger Tor zustrebten, von der aus man den besten Blick auf den Vogelmenschen hatte.
Auf den Zinnen der Mauer stand er, breitbeinig, nur bekleidet mit einer Hose, die nackten Arme hielten ein von Federbälgen bedecktes Gerüst, das er wie Schwingen auf und ab schlug.

Der Sprung

Die frische Morgenluft wehte dem Schuster Salomon Idler eine Gänsehaut auf die ausgestreckten, unbekleideten Arme.
Nur mit Mühe konnte er sich auf dem abgeschrägten Mauerwerk halten. Die Böen, die die Mauer heraufkletterten, zerrten an den Flügeln. Jeder Windstoß brachte vom Graben den fauligen Duft der Verwesung mit.

Idler versuchte, nicht nach unten zu sehen, sondern richtete den Blick geradeaus ins Land hinein, doch die Stimmen der Neugierigen holten ihn zurück zum Zerren seiner Schwingen.
»Spring, Idler«, forderten sie ihn auf, »Mut, nur Mut«, spöttelten die einen und »Wag dich nicht zu nahe an die Sonne« die anderen.
Ringsum wuchs die Stimmung zu der einer Kirchweih aus. Die Neugierigen drängten sich, stießen einander vorwärts, der Kampf um die besten Plätze hatte längst begonnen. Jeder wollte einen Blick auf das Fluggerät erhaschen, mit dem der Schuster gewillt war, den unerbittlichen Gesetzen der Schwerkraft zu trotzen.
Der Morgenwind griff stärker in die Federn seiner Schwingen und Idler musste sich weiter vorlehnen, um dem Druck standzuhalten. Sein Werk trug, das spürte er am Widerstand, aber noch musste er warten, noch waren die Böen zu unregelmäßig.
Die Menge beobachtete ihn – und plötzlich verbreitete sich Schweigen. In dieser Stille konnte man das Rauschen der Flügelarme hören, die der Schuster immer stärker in den Wind stellte. Dann – ein Schrei durchfuhr die Wartenden – sprang Salomon Idler ins Nichts.

Die Beichte

Idler erinnerte sich noch an den schmerzvollen Gang den Weinmarkt entlang zu St. Ulrich. Eng an die Häuserwände gedrückt, schlich er, den Blick gesenkt. Zu Pfarrer Hihn in den Mariendom zu gehen, hatte er nicht den Mut gefunden, da war es einfacher, einen unbekannten Beichtiger aufzusuchen. Ganz traute er dem Versprechen des Beichtgeheimnisses nicht.
Wenn Gott dem Menschen einen Blick auf seine Machtfülle hatte gewähren wollen, dann am Kirchenbau zu St. Ulrich. Bedrohlich wuchs die Kathedrale vor ihm in

die Höhe. Das Werk eines Riesen. Und er, der Zwerg vor der greifbar gewordenen Größe des Herrn, zwängte sich mit gesenktem Blick durch die schwere hölzerne Tür – ohne die Augen einmal zu heben –, schlich gedrückt ins Innere und verschwand in dem Beichtstuhl, der dem Ausgang am nächsten stand.
Salomon Idler achtete nicht darauf, ob neben ihm, getrennt durch hölzernes Filigranwerk, ein Priester saß oder nicht. Er schnurrte die Beichtformel herunter und begann ohne Übergang zu erzählen.

Die Idee

Tauben hätten ihn auf die Idee gebracht, Tauben, die sich die ganze Stadt erobert hatten und nun zur Plage geworden waren mit ihrem Dreck – Tauben – und die Erzählung Magister Eduards aus Italien.
Durchreisender sei er gewesen, der Magister artium, und von dem wieder hätte er Phantastisches gehört, Phantastisches von einem Leonardo aus Vinci. Mit Flügeln solle der schon Berghänge hinabgeglitten sein. Erzählt hätte der Magister dies alles, während er auf die Reparatur seiner Stiefel wartete. Von Italien nach Leipzig sei der unterwegs gewesen, der Magister Eduard, hätte bei ihm im Hof dann voller Gedanken Zeichen in den feuchten Lehm geschnitten. Nach deren Bedeutung gefragt, wäre es nur so aus ihm herausgequollen, alles Wissen um die Vogelfliegerei. Aus feinem Leder und aus dünnstem Holz hätte dieser Leonardo sich einen Vogelapparat gebaut und sei damit gestartet. Er selbst, der Magister, sei zwar nicht mit ihm geflogen, hätte es aber gehört und auch Zeichnungen gesehen. Weit sei er nicht gekommen, doch fünfzig Meter schon, nur im Gleitflug. Doch dieser Leonardo hätte die Experimente aufgegeben, sich ganz den Leichenstudien in Roms Katakomben zugewandt. Und dann hätte der Magister hinzugesetzt, wüsste er,

Eduard, wie weiterzumachen wäre, wie man die unterbrochenen Experimente zum Erfolg führen könne, wie alle Menschen Wege zwischen Dorf und Dorf, Stadt und Stadt, Land und Land leicht überwinden könnten. Beweglich müssten die Flügel sein, beweglich nur wie bei den Vögeln. Sogestalt müsste man sich in die Luft erheben können.
Wie ein Brunnen hätte der Magister sein Wissen ausgeschüttet in das Becken seiner, Idlers Ohren. Schlafen hätte er nicht mehr können, nächtelang wach gelegen sei er, bis es ihn gepackt habe.
»Nachts bin ich in den Hof hinunter und habe begonnen bei Mondlicht Pläne zu entwerfen, zu zeichnen. Ich verwarf und begann von vorn und verwarf wieder. Allmählich ist heimlich, ohne Wissen meiner Frau ein Vogelapparat nach den Gedanken Leonardos entstanden. Ich hab ihn ausprobiert – er trägt mich – er trägt mich.«
Ruhig blieb es dem Schuster gegenüber, nur das Rascheln einer Stola deutete an, dass dort ein Priester saß.
»Ich – ich«, stotterte Idler los und fand den richtigen Ton nicht, »vom Perlachturm möcht ich hinuntersegeln, Hochwürden Beichtiger, über die Stadt hinweg.« Hier stockte Idler.
»Wenn ich dabei sterbe, weil der Vogelapparat zerbricht, das ist doch kein – kein – Selbstmord, oder?«
Nach einer Pause atmete der Priester hinter dem hölzernen Maßwerk tief ein.
»Nun, mein Sohn, dich umzustimmen vermag ich nicht. Möge die Weisheit Salomons mit dir sein. Aber deine Seele kann ich für den Herrn retten. Bedenke, welcher Tat größerer Ruhm zuteil wird: vom Perlachturm hinabzusegeln, was jedermann zu tun vermag, oder aber von der Erde aus auf diesen Turm hinaufzustreben?«
Ruhe lag über dem Beichtstuhl. Dann stotterte Idler los, hörbar erleichtert: »Die zweite, die zweite. Ich werde hinauffliegen!«
»Dann tu es, Schuster«, flüsterte der Beichtiger, »tu es!«

Den Purgern ze Augspurg kundtan

Das Gewicht der Flügel, seines Körpers, riss ihn hinab. Er stürzte. Der Luftzug zerrte an den Riemen, den Federn, dem Wachs, den dünnen Streben aus zäher Birke. Das Flügelpaar bog sich zu einem »V« auf, und Idler gelang es nicht, die Schwingen waagerecht zu halten. Trotzdem stürzte er nicht haltlos. Der Zug verschloss ihm die Augen, riss ihm die Luft zum Atmen vom Mund. Er hörte den Schrei der Menge nicht, nur das Ätherrauschen seines Sturzes und wartete auf den Aufschlag.
Er glitt im Sturz hinab, durchschnitt die leichten Böen aus dem Giftbauch des Grabens unter sich wie ein Pfeil, zerteilte die Luft und schoss auf den Steg zu, den er sich als Landeplatz ausgesucht hatte. Eine Böe hob ihn um einige Meter, bremste den Flugfall, gab ihm die Möglichkeit zu atmen, die Augen zu öffnen. Sein Sturz ging dadurch über in ein Gleiten, doch jetzt drohte er, nach hinten überzukippen. Er riss die Arme wieder in die Höhe, freiwillig diesmal. Mit den Füßen schlug er, konnte aber die Kehrtwendung nicht verhindern. Da rissen Riemen, brachen Birkenruten im linken Flügelarm – Idler stürzte, schloss die Augen, hörte nur noch das Bersten der Bretter seines Stegs, erschrecktes Hühnergackern – verlor sein Bewusstsein, verlor das schadenfrohe Lachen der Städter, Bauern, das Brüllen unruhiger, erschreckter Ochsen.

Erläuterung

1610 in Bad Cannstatt geboren, ließ Salomon Idler sich als Schustermeister in Augsburg nieder und starb hier um 1670. Idler baute tatsächlich einen Flugapparat und versuchte zu fliegen. Das Fluggerät soll er nach missglückten Versuchen in Oberhausen mit dem Beil zertrümmert haben. Im Augsburger Rahmgartengässchen wurde eine Gedenktafel für ihn angebracht.

Den Purgern ze Augspurg kundtan:

Der Hansen unt närrisch Mensch Salomon Idler tat ein Sprunck von den Stadtmauren herab auf ein klain prucken unt zerstückte dieselb und töt vier unschuldig Hennen, die alhir darunter schlifen.
Der onselig Schuester het den teuflischen vogelkünsten abgeschworn.

Totenmesse

Die Domglocke schlug und die Prechtin öffnete die Augen. Kirchgangzeit! Noch war's Nacht, die Nacht vor Allerseelen, aber jetzt im Spätherbst zur Frühmesse war's immer Nacht.
Die Prechtin wollte eigentlich nicht aus dem Bett, aber es war der erste Todestag ihres Mannes und sie hatte für Allerseelen eine Messe bestellt. Das Feuer im Ofen war heruntergebrannt, das Zimmer eisig. Ihr Atem blies weißen Rauch in die Luft. Sie fühlte sich wie gerädert, und schlecht geschlafen hatte sie obendrein.
Die Prechtin schloss noch einmal die Augen, holte sich Mut und schlug die Bettdecke zurück. Eiseskälte packte sie und kroch ihr die Beine hoch. Sie bibberte. Großzügig verzichtete sie aufs Waschen, schlüpfte in ihre Holzpantinen und wickelte sich in eine Decke. Dann ging sie zum Ofen hinüber und legte Holzspäne nach. Glutbrocken leuchteten noch in der Asche. Sofort fingen die Spreißel Feuer. Sie wärmte sich kurz die Finger am offenen Feuer. Danach zog sie das Überkleid an und stellte sich mit dem Rücken zur Wärme.
Die Turmuhr schlug einmal. Es war Zeit aufzubrechen. Gefrühstückt wurde danach. Sie wollte schließlich die heilige Kommunion empfangen. Die Prechtin legte sich ihren Umhang um, zog selbst gestrickte Handschuhe über und zog sich die Kapuze über den Kopf, bevor sie in die Nacht hinaustrat.
Die Gassen waren leer, und die Prechtin wunderte sich, dass sie auf der Straße niemandem begegnete. Aber der erste Frost griff ihr derart gewalttätig ins Gesicht, dass sie weiter keinen Gedanken daran verschwendete. Außerdem sah sie an der Schwelle zum Mariendom Gestalten, in helle Gewänder gehüllt, zum Portal eilen. Sie schienen in der kalten Luft der Frühe, die

einen weißlichen Frostniederschlag gebildet hatte, zu schweben.
Die Prechtin beeilte sich, weil sie befürchtete, die Messe könnte schon begonnen haben, schließlich wollte sie ihrem Mann diesen Ehrendienst erweisen. Als sie das Portal aufzog, wunderte sie sich, dass die Kirche zur Frühmesse an Allerseelen gänzlich dunkel war und nur das spärliche Licht des Mondes durch die farbigen Glasfenster leuchtete. Der Altar war leer und auch im Kirchenschiff stand niemand. Zumindest die Kerzen hätte sie erwartet, die sie dem Domprobst bezahlt hatte.
Und doch hörte sie bereits das Murmeln von Gebeten. Ihr lief es eisig den Rücken hinunter, aber sie schob es auf die Kälte, die sich noch zu verdichten schien, als hinter ihr das Portal zuschlug.
Langsam schritt sie durch die Kirche. Ihre Schritte hallten. Die Stimmen kamen aus der Gruftkapelle. Natürlich, dachte sie, der Herr Pfarrer hat die Messe in die Unterkirche verlegt, weil die Kerzen dort unten auch den Raum etwas erwärmen konnten. Und tatsächlich sah sie schwache Lichtzungen aus der Unterkirche herauflecken.
Froh über diese Wendung eilte sie auf die Gruftkirche zu. Sie klapperte mit ihren Holzschuhen die wenigen Stufen hinunter, ließ diese aber am Fuß der Treppen stehen, weil sie nicht stören wollte. Barfuß schlich sie auf dem eisigen Stein durch die Vorhalle bis in die Kapelle. Dort hatten sich die Kirchgänger versammelt. Die Kapelle schien ihr voller als sie sonst zu sein pflegte.
In der Nähe des Durchschlupfs war ein Platz auf einer der Kniebänke frei und die Prechtin kniete sich neben eine der Frauen, schloss die Augen und versank sofort in die Gebetslitanei, die man angestimmt hatte.
Die Stimmen wirkten hier unten leer und dünn, als fehlte ihnen der Körper. Es war nur ein Flüstern, ein weiches An- und Abschwellen der Töne, ein Hauch eher, als würden die Töne aus der Tiefe der Seelen stammen und nicht

aus dem Kehlkopf eines Menschen. Irritiert öffnete die Prechtin die Augen. Sie wollte ihr Gebet für ihren Mann sprechen, ihn nicht enttäuschen, aber dieses Hauchen der Wörter war ihr unheimlich. Zudem fror sie an ihren bloßen Füßen.

Verstohlen sah sie sich um. Die Prechtin erschrak, als die Frau neben ihr sich ihr zuwandte. Das Gesicht kalkweiß, die Wangen eingefallen, der ganze Kopf ein Skelett, musterte sie die Prechtin. Und dieser fuhr es eisig in den Bauch. Neben ihr kniete ihre Nachbarin, die erst letzte Woche verstorben war.

»Elsbeth, du? Aber ...«

Die Nachbarin legte ihren knochigen Finger an die Lippen. Ihre Stimme war nur ein feines Wispern, das aber der Prechtin bis ins Innerste drang.

»Still! Es ist recht, was du denkst, Magdalena. Ich bin tot.«

»Aber was tust du hier?«

»Siehst du nicht, dass du zur Unzeit hier bist. Es ist die Stunde der Toten. Lass mich in Frieden und lauf fort, Magdalena. Eil dich, bevor sie wissen, dass ein Lebender unter ihnen weilt, bevor sie dich für ewig hier behalten. Eil dich, Magdalena, bevor ein Unheil geschieht!«

Die Prechtin fuhr auf und rutschte aus der Kniebank. Sie wagte nicht zu atmen. Jetzt erst fiel ihr auf, dass alle die Gestalten in weißes, beinahe durchscheinendes Linnen gekleidet waren. Sie knieten in ihren Totenhemden auf den Bänken. Die ersten begannen sich bereits nach der Störung umzudrehen.

Die Prechtin fuhr sich mit der Hand an den Mund, um nicht zu schreien. Sie drehte ich um und lief. Ihre Füße klatschten auf dem eisigen Stein. Mit aller Hast griff sie nach ihren Holzschuhen, ließ diese aber fahren, als sie hinter sich bereits mit hoher Stimme ihren Namen rufen hörte:

»Magdalena! Magdalena!«

Sie presste ihre Hände gegen die Ohren. In ihrem Na-

cken krampfte sich alles zusammen, die Haare sträubten sich. Wie der Wind jagte sie durch den Kirchenraum. Sie fühlte den eisigen Hauch hinter sich, der von der Gruftkälte der Toten ausging. Der Hall ihrer klatschenden Füße schien sich zu vertausendfachen und schwoll in ihren Ohren an, dass ihr schwindlig wurde.
Endlich erreichte sie das Tor. Nur mit Mühe konnte sie die Klinke herabdrücken. Mit aller Gewalt stemmte sie sich dagegen. Hinter ihr wurden die Stimmen lauter. Sie riefen durcheinander, riefen ihren Namen, bis es in ihrem Kopf dröhnte wie in einer Glocke. Aber da schwang das Portal auf, die Prechtin stolperte hindurch. Sie hörte noch den Klang der Glocke vom Domturm herab und das Zuschlagen des Portals hinter ihr. Dann griff das Grauen endgültig nach ihr und es wurde schwarz um sie her.

Erläuterung

Die Geistermesse soll so einer Kirchgängerin an Allerseelen um 12 Uhr widerfahren sein. Sie erwachte am nächsten Morgen, halb erfroren und zutiefst verwirrt vor der Kirche. Was ihr tatsächlich widerfahren war, konnte sie nicht recht sagen. Frühe Kirchgänger halfen ihr nach Hause und mussten sich ihre wirren Reden anhören. Die Furcht, die sie immer noch gepackt hielt, übertrug sich auf ihre Helfer. Niemand getraute sich, ihr in den sechs Wochen zur Hand zu gehen, die sie im Bett verbrachte, alle mieden ihre Nähe. Richtig erholt hat sie sich nicht mehr von ihrem Erlebnis.

Der Luftsprung

Der Seiltänzer Sambrini stieg auf die Leiter, von der herab er die Menschen überblickte. Erwartungsvoll hoben sich die Köpfe. Eine Pause entstand, in der Sambrini langsam seinen Mantel aufschlug. Darunter blitzte ein mit silbernen Fäden besticktes Turnkleid.

»Kund und zu wissen, dass ich, der große Sambrini, hier und heute zu meiner letzten Vorstellung einen Sprung wagen werde, der so noch nie gesehen und von dessen Art noch nie gehört worden ist.«

Atemlose Stille herrschte auf dem Platz vor dem Bischofspalais. Der Artist deutete auf die Buche, an der er sein Laufseil befestigt hatte. Die Augenpaare der Zuschauer folgten dem Wink der Hand und erblickten hoch oben, beinahe an der Spitze des Stammes ein kleines Brett, eine Plattform, auf der ein schmaler Artist wie der Seiltänzer wohl gerade noch stehen konnte.

»50 Schuh über der Erde!«, schrie Sambrini und spreizte die Finger. Ein atemloses »Ah!« durchfuhr die Menge, während Sambrini die Finger zu einer Faust schloss und so die Menge wieder auf den Boden zurückholte. Die Menschen in Augsburg hatten schon vielerlei Kunststücke von diesem Sambrini gesehen und waren über die Maßen erstaunt über Geschicklichkeit und Wagemut des Artisten. Aber das übertraf alle Erwartungen.

»Von dort oben werde ich hier herab auf die Erde springen, ohne Hilfsmittel, ohne Sicherung, mit nichts weiter als meinem Kostüm und der Kraft meiner beiden Beine! Und damit nicht gedacht wird, ich will hier mit Sensationen den Menschen Geld abnehmen, soll dieses letzte Kunststück kostenlos sein.«

Die Menge klatschte Beifall, sah bewundernd zu Sambrini hoch, blickte noch weiter bis unter die Krone der

Buche und lief dann, die Tat heftig diskutierend, auseinander.
Am Abend, lange bevor die letzte Vorstellung begann, standen die Augsburger Schlange vor der Kasse. Sie alle wollten die letzte Vorstellung Sambrinis sehen, damit sie für den gewagten Sprung auch einen besonderen Platz nahe am Geschehen sicher hatten. Sambrini, der Kassenwart, Seiltänzer und Techniker in einem war, betonte beim Kauf jeder Karte, dass niemand sich verpflichtet fühlen sollte, eine solche zu kaufen, die Absperrung werde am Ende der Vorstellung entfernt und der Sprung frei zugänglich, kostenlos und für jeden sichtbar sein.
An diesem Abend zeigte Sambrini alles, was er gelernt hatte und bestens beherrschte: er lief rückwärts auf dem Seil, er sprang einen Salto, er zeigte einen Handstand, er balancierte auf einem Bein und benutzte das Seil, als wäre es der feste Boden. Er jonglierte mit Ringen und mit Kugeln, mit Keulen und mit Feuerhölzern, bis die Menge mit offenen Mündern gaffte. Und dann, ganz zum Ende seiner Vorführung, bat er die zuhinterst Stehenden, die Barriere wegzuräumen, damit auch die Augsburger, die sich erst gegen Ende der Vorstellung eingefunden hatten – und das waren herzlich wenige, denn die allermeisten Neugierigen hatten Karten gekauft –, etwas sehen konnten.
Danach stieg er unter dem Beifall der Menschen die Buche hoch. Je höher er kam, desto ruhiger wurde die Menge. Der ohrenbetäubende Beifall beim ersten Schritt verwandelte sich in ehrfurchtsvolle Stille.
Sambrini kletterte behände und mit einer Leichtigkeit bis unter die Krone, die allein schon sehenswert war. Auf der Plattform angelangt, stellte er sich darauf und blickte nach unten. Die Menge reckte die Hälse und sah starr und stumm zu Sambrini hoch. Dieser streckte die Arme aus, wippte leicht in den Knien, so dass die Menge bereits ein erschrecktes Raunen ausstieß, zeigte aber keinerlei Ansatz zu springen.

»Nun, hochwerte Zuschauer!«, rief Sambrini nach unten, als er fühlte, dass die Menschen eine gewisse Unruhe ergriff. »Haben Sie Zeit ihres Lebens auch nur einmal einen Menschen einen solchen Sprung tun sehen?«
Die Zuschauer murmelten ergriffen »Nein«.
»Ich höre nichts, werte Damen und Herren. Also frage ich noch einmal: Haben Sie Zeit Ihres Lebens auch nur einmal einen Menschen einen solchen Sprung tun sehen?«
Jetzt erscholl der Ruf laut und wie aus einer Kehle: »Nein!«
Sambrini nickte bedächtig und meinte dann ruhig: »Nun, verehrte Zuschauer, so will auch ich nicht der Erste sein.«
Sprach's und stieg die Buche wieder hinab und ging durch die zuerst verblüfften, dann immer lauter lachenden Zuschauer hindurch zu seinem Wagen.

Erläuterung

Für Festivitäten, bei denen vor allem sensationelle Seiltänze gezeigt wurden, benutzte man der Bäume wegen gern den Fronhof beim Bischofssitz hinter dem Dom. Hier wurden auch Turniere abgehalten. Obwohl der Ort im Besitz des Bischofs und des Domkapitels verblieb, durften sich die Augsburger dort versammeln. Ansonsten gab es unterschiedlichste Vergnügungsplätze wie das Lueg ins Land, den Zwinger und die Kaufleutestube. Größere Feste feierte man vor allem »auf der Rosenau« vor der Stadtmauer, zwischen Wertach und Rosenauberg.

Der Freischütz von Augsburg

Der Brucker von Oberhausen!«

Ein Raunen ging durch die Schützen, die sich für das Wettschießen versammelt hatten und hinter der Absperrung warteten. Ein breitschultriger, groß gewachsener Mann mit Vollbart und dunklen Augen, über denen dichte Brauen sprossen, zahlte eben seine Gebühr für die Kugeln. Sobald er die wenigen Kreuzer auf den Tisch gelegt hatte, die ihn am Schießen teilnehmen ließen, trat er in die Reihe der Wartenden, das Gewehr geschultert, und sah herausfordernd um sich.

Vor der Absperrung erbettelte sich ein Mönch sein Almosen, den Kopf demütig gesenkt. Jetzt sah er auf und musterte den Neuankömmling finster.

Eisiges Schweigen herrschte unter den Schützen, bis die bellende Stimme des Bruckers dazwischenfuhr.

»Nun, ich denk es ist ein fröhliches Treffen. Also lasst uns fröhlich sein. Und Ihr, Herren Stadtjäger, beteiligt Euch.«

Er winkte den städtischen Jägern und deren Hauptmann, die sich offenbar nicht entschließen konnten, am Wettschießen teilzunehmen. »Hans, du Tausendsassa aus der Lechvorstadt, tu du den ersten Schuss!«

Der Angesprochene dachte gar nicht daran, die Flinte anzulegen. Mit weit aufgerissenen Augen sah er den Brucker an. Dann schluckte er mühsam.

»Man erzählt, du seist tot, Brucker! Die Stadtjäger hätten dich ... in den Wertachauen ...«

Die Augen des Bruckers von Oberhausen verengten sich zu Schlitzen. Dann lachte er plötzlich lauthals los und schlug sich mit der Hand auf die Schenkel. »Wer sagt das?«

Bevor der Hans aus der Lechvorstadt den Mund öffnen konnte, tönte hinter dem Brucker die Antwort.

»Ich!« Der Brucker fuhr herum und suchte den Redner. Der Bettelmönch kroch in sich zusammen, als der Blick der Bruckers über ihn weg ging. Der Hauptmann der Stadtjäger hinter ihm hob die Hand, damit der Brucker ihn sehen konnte. »Ich sah Euch fallen, Brucker. In den Wertachauen, um den Tod getroffen!«

Das Gesicht des Bruckers verzog sich zu einem breiten Grinsen.

»Wenn Ihr ebenso gut schießen könntet, wie Ihr Lügen verbreitet, dann stünde ich nicht hier.«

Der Brucker langte in eine Tasche seiner Joppe und holte eine Hand voll Körner heraus, die er blitzschnell unter die Menge warf, bis hinüber zum Bettelmönch und zum Hauptmann der Stadtjäger. Sie prasselten auf den Bretterboden und gegen die Wämser der Schützen. Der Mönch bückte sich und hob einige davon auf und reichte sie dem Hauptmann.

»Schrot!«

Der Brucker nickte.

»Wer auch von Euch Gesindel in den Auen auf mich geschossen haben mag, er mag den Bock getroffen haben, den ich wohl auf der Schulter trug. Wie sonst hätte ich's Schrot aus dem Tier herausschneiden können?«

»Das ist Teufelswerk«, murmelte der Mönch und griff nach dem Kreuz, das um seinen Hals hing, »auch wenn Ihr in Rätseln sprecht.«

Der Hauptmann nickte.

»Er war gut gezielt, der Schuss, und hat gut getroffen, Brucker. Wir haben das Blut auf der Wiese gesehen!«

Der Brucker trat aus der Reihe heraus und musterte den Hauptmann über die Schranke hinweg.

»Das Blut! Und was leitet Ihr jetzt daraus ab?«

Der Bettelmönch trat zwischen die beiden und hob das Kreuz gegen den Brucker.

»Das ist wider alle Vernunft. Ihr müsstet tot sein! Ihr steht mit dem ...«

Eine Handbewegung brachte den Mönch zum Schwei-

gen. Der Brucker griff nach seiner Pistole, die im Gürtel steckte.
»Ihr habt ein loses Mundwerk, Bettelmönch. Überlegt, welche Wörter Ihr benutzt! Sonst könntet Ihr dafür zu büßen haben. Und Ihr, Hauptmann, beteiligt Euch, dann werden wir sehen, wie gut Ihr schießt und ob Ihr in der Lage wart, einen wie mich zu treffen!« Dann drehte er sich um und verkündete laut: »Ermitteln wir den Schützenkönig. Ich hab lange genug gewartet, und dass ich nicht tot bin, seht ihr ja. Hans, den ersten Schuss!«
Der Mönch schien ihn nicht mehr zu interessieren. Kreidebleich stand der auf der anderen Seite der Schranke, das Kreuz noch immer in der Hand und sah zum Brucker hinüber, der jetzt zum Mittelpunkt der Schützen wurde.
Der Hauptmann trat an den Bettelmönch heran und flüsterte ihm etwas ins Ohr. Dieser nickte.
»Heute bekommt er seinen Lohn! Diese Wilderei im bischöflichen Wald muss aufhören, bevor er alles leer geschossen hat«, flüsterte der Bettelmönch, küsste das Kreuz und stahl sich davon. »Wartet nur!«
Der Hauptmann folgte ihm, während seine Männer sich am Wettschießen beteiligten.
Jeder Schuss, den der Brucker abgab, saß. Er traf mit einer Sicherheit ins Schwarze, die an Hexerei gemahnte. Während die Mitstreiter mühsam zielten und lange vor der Scheibe verharrten, trat der Brucker von Oberhausen rasch an die Barriere, hob das Gewehr, zielte nur so lange, wie er benötigte den Schießprügel zu heben – und traf mit einer Leichtigkeit und Schnelligkeit, die ihm keiner nachtat.
Obwohl die Schützen alle mit Feuereifer bei der Sache waren, wollte keine rechte Feierstimmung aufkommen. Stumm und verbissen mühte sich ein jeder um den rechten Treffer.
Der Brucker trat in der Reihenfolge der Schützen wieder an, zielte schnell und schoss treffsicher den schwarzen

Innenkreis heraus. Die meisten Schützen begannen zu murren, weil sie ihre Chancen schwinden sahen.
»Erlegst so deine Hirschen und's Schwarzwild, Brucker?«, blaffte ihn einer der Umstehenden an.
Der Brucker lehnte ruhig das Gewehr an sein linkes Bein, holte Pulverhorn und eine Kugel heraus und begann bedächtig nachzuladen. Er blickte dabei den Sprecher an. Sein Gesicht blieb wie versteinert hinter dem Bart.
»Unterstellst du mir Wilddieberei, Heiner?«, knurrte er nur.
Der Schmieder Heiner aus der Wagenhals-Vorstadt zuckte zusammen. Sein ganzes Herz musste er zusammennehmen, um weiterzusprechen.
»Von allein werden sich die Viecher die Kugeln nicht ins Herz schießen, Brucker. Außerdem hat dich der Hauptmann der Stadtjäger gesehen!«
Die Schützen standen wie versteinert. Der Brucker galt als Raufbold, der keinem Streit auswich, und den man lieber zum Freund als zum Gegner hatte.
»Und jetzt ist er verschwunden, weil er sich vor Angst in die Hosen macht!«
Der Brucker ließ die Kugel in den Lauf rutschen und stieß den Ladestock hinterher.
»Und ihr glaubt dem Pfaffen mehr als mir? Ihr seid mir ein Gesindel. Der Schwarzrock im bischöflichen Palais wird nicht daran verhungern, wenn ich Wildbrett für meine Mäuler zu Hause mitbringe!«
»Sie sagen, du würdest mit verzauberten Kugeln schießen und außerdem wärst du unverwundbar!«, schaltete sich ein zweiter Schütze ein.
Der Brucker war zunächst verblüfft, musste dann aber so laut lachen, dass es über den ganzen Platz schallte und immer mehr Menschen aus Neugier zusammenliefen.
»Abergläubische Kinder«, murmelte er. Laut rief er nach einer neuen Scheibe. »Und bringt mir die schönste, die Ihr habt, Wirt. Wir wollen sehen, wer Recht behält. Lasst den Bettelmönch ein Kreuz hinter dem Schwarz schla-

gen. Bin ich ein Freischütz, dann gewinnt der Heiner, bin ich keiner, gewinne ich! Einverstanden?«
Lähmendes Entsetzen griff um sich. Niemand wollte mehr mit dem Brucker ein Wettschießen veranstalten. Niemand wollte die Scheibe holen, bis der Bettelmönch auftauchte, sich erbarmte und sie auf den Platz brachte. Bedächtig schlug dieser mit dem Daumen ein Kreuz hinter der Scheibe, dort, wo das Schwarze lag.
»Heiner, Ihr fangt an!«, bestimmte der Brucker.
Der Heiner aus der Wagenhals-Vorstadt trat vor, blass und zittrig. Er konnte sich nicht entziehen, wollte er nicht als Feigling gelten. Er hob die Flinte, zielte lange und schoss. Die Kugel fuhr mit einem scharfen Splittern in die schwarze Umrandung des Mittelpunktes.
»Ein guter Treffer, Heiner«, verkündete der Brucker aus Oberhausen, trat ebenfalls vor und mit einer einzigen Bewegung hob er das Gewehr an die Wangen, zielte und schoss. Der Knall seiner Büchse dröhnte allen in den Ohren. Alle starrten auf das Brett, in dem keinerlei Treffer sichtbar wurde. Erst dann wandte man sich dem Brucker zu, der wie angewurzelt dastand. Er rührte sich lange nicht, das Gewehr im Anschlag. Dann begann er zu schwanken.
Erstaunt bemerkten die Anwesenden, dass sich auf dem Wams des Bruckers ein roter Fleck auszubreiten begann. Langsam, als hätte der Brucker alle Zeit der Welt, blickte er schließlich auf den roten Kreis auf seiner Brust, der sich langsam ausbreitete und senkte die Büchse. Dann sank er auf die Knie.
Ein Raunen ging durch die Menge. Plötzlich flüsterte jemand:
»Die Scheibe war mit einem Kreuz gesegnet, da prallen alle Teufelskugeln wieder ab und treffen den, der geschossen hat!«
Der Brucker glaubte nicht, was er hörte. Er wollte etwas erwidern, wollte sagen: »Ich habe nicht geschossen. Meine Kugel steckt noch im Lauf!« Aber die Stimme versagte

ihm. Deutlich fühlte er, wie sein Herz alles Leben aus ihm hinauspumpte. Und während alle um ihn herum vom Teufelsschuss redeten, wusste er, was wirklich geschehen war. Er hatte den Mündungsblitz gesehen, hatte gesehen, dass seitlich hinter der Scheibe der Hauptmann der Stadtjäger gestanden, auf ihn gezielt und geschossen hatte. Er wollte es herausschreien, wollte die Lüge richtig stellen, aber nur ein heiseres Krächzen entrang sich seiner Kehle, so dass die Schützen erschrocken zurückwichen und der Bettelmönch, der mit zufriedenem Gesicht an den Brucker herantrat und ein Kreuz über ihm schlug, erbleichte.
Gedankenschnell verkündete er: »Der Teufel hat den Seinen geholt!«

Erläuterung

Der Brucker von Oberhausen soll ein gefährlicher Wilderer und treffsicherer Schütze gewesen sein, der bei einem Wettschießen seiner Zauberkunst erlag. Eine gesegnete Scheibe sollte nämlich die Teufelskugel eines Freischützen zu ihm zurücksenden. Historisch bezeugt ist die Person des Bruckers nicht.

Durch die Hölle ins Licht

Da hindurch?«

Wolfgang steckte seinen Kopf in das Loch und horchte.

Pater Aemilius Angermayr – bläuliche Nase, rotes Gesicht, feurige Wangen, in Wasser schwimmende Augen – hatte mit einem Schlüssel die schmale Pforte zur Empore an der rückwärtigen Wand der Kathedrale St. Ulrich und Afra aufgeschlossen. In seinen Augen lachte der Schalk.

»Dort oben lebt sie, die Fugger-Orgel, mein lieber Mozart.«

Ein Schnaufen und Atmen drang die Stiegen hinab.

»Was verbergt Ihr dort oben, Pater? Einen Drachen?«

Der Pater verzog sein feistes Lachen zu einer Grimasse.

»Er sitzt auf einem besonderen Schatz, nämlich der Musik«, flüsterte er geheimnisvoll. »Leider ist mir der Weg hinauf versperrt.« Er hieb mit der flachen Hand auf seinen gewaltigen Bauch. »Ich werde unten warten. Schließlich bin ich mir nicht sicher, ob ich nicht in der Röhre stecken bleibe und darin verhungere. Das gäbe so einen scharfen Geruch während des Gottesdienstes.«

Er lachte lauthals über seinen Spaß, ohne sich darum zu kümmern, dass niemand sonst in seine Heiterkeit einstimmte. Der Pater hielt ihnen einen mehrarmigen Leuchter hin und Wolfgang, Johann Stein, der Orgelbauer, und Maria Anna Thekla Mozart brachen sich je eine der Kerzen heraus.

»Ein launiger Geist, dieser Pater. Einer der besonderen Sorte«, knurrte Wolfgang, als er Maria Anna im Treppenschlauch den Vortritt lassen wollte, während Stein bereits im Dunkel der Wendel verschwand. Doch diese zierte sich.

»Nach dir, Vetter, das bewahrt mich vor blauen Flecken«, flüsterte Maria Anna.

»Solltet Ihr stürzen, wertes Bäsle, könnte ich Euch festhalten, wenn ich hinter Euch gehe. Überlegt es Euch«, blitzte Wolfgang Maria Anna an.
In die dunkle Röhre hinein hallten ihre Stimmen ungewohnt laut.
»Wenn Ihr mir versprecht, artig zu sein, will ich voran gehen!«, entschied Maria Anna.
Steil führte die Wendel aufwärts, so eng, mit so hohen Stufen, dass sich Maria Anna und Wolfgang mit der Linken an der Spiralseele festhalten mussten. Feuchter Odem entströmte dem Stein. Die Stufen, schief und krumm, bröckelten unter den Tritten. Es knirschte unter den Sohlen und ging nur langsam vorwärts. Der Schein der Kerzen verbreitete ein flackerndes Licht, das kaum mehr als den Gesichtskreis erhellte.
»Durch die Nacht zum Licht, durch die Hölle zur Stimme Gottes«, murmelte Wolfgang.
Wortlos stapften sie die ersten Windungen himmelan. Das Schnaufen ihrer Lungen und der Orgelbälge begleitete sie.
Plötzlich blieb Maria Anna stehen. Wolfgang schloss auf, stand dicht hinter ihr. Durch einen handbreiten Fensterspalt drang Licht in die Röhre.
»Wolfgang!«, rief sie nur und versuchte durch den Fensterschlitz nach draußen zu spähen.
Maria Annas Rock pendelte auf Wolfgangs Augenhöhe.
»Was für eine schöne Aussicht«, begeisterte sich Maria Anna.
Wolfgang nickte. Der Taft des Rockes kitzelte ihm die Nase.
»Wundervoll!«
»Aber du siehst doch nichts«, sagte Maria Anna misstrauisch, drehte sich zu ihm um und versuchte die Hände in die Hüften zu stemmen. Doch die Röhre war dafür zu eng.
Wolfgang stieg ihr eine weitere Stufe entgegen.
Von der Fensteröffnung her drang das Rauschen des Re-

gens herein, der seit Tagen die Stadt zu ertränken versuchte. Von der Empore kletterte das Atmen der Blasebälge herab, die dem Manual der Orgel Leben einhauchten. Die Kalkanten, Jungen, die alle Blasebälge der Orgel traten, füllten die Windkästen.
»Ich habe genug gesehen!«, warf Wolfgang schelmisch ein und blickte auf ihre Brüste, die sich vor ihm auf und ab bewegten.
»Filou!«, zischte Maria Anna und wollte sich umdrehen, doch Wolfgangs Arme schlangen sich um ihre Taille und hielten sie fest.
»Maria Anna! Wohin wollt Ihr?«
»Wolfgang«, flüsterte das Bäsle und lachte. »Ich habe es geahnt.«
»Was habt Ihr geahnt?«
»Dass Ihr Eure Phantasie nicht im Zaum halten könnt und Euch die Perücke beschmutzt.«
Wolfgang zog sie an sich und versuchte sie zu küssen. Doch im selben Augenblick rutschte Maria Anna auf der schlüpfrigen und abschüssigen Treppe der Wendel ab. Sie versuchte sich zu halten und stieß dabei gegen Wolfgang. Der schlug mit dem Kopf gegen die Decke. Dabei wurde ihm die Perücke herabgerissen. Er verspreizte sich mit Armen und Beinen zwischen Wand, Decke und Stufen und wollte so verhindern, dass sie beide die Stiege weiter hinabstürzten. Maria Anna lag direkt an seiner Brust.
»Wusste ich's doch!«, sagte er nur, stellte Maria Anna wieder aufrecht und küsste sein Bäsle überraschend auf den Mund. Danach sammelte er seine Perücke auf, die auf dem feuchten Gestein der Treppe lag, und rückte sie zurecht.
Maria Anna, die sich vom momentanen Schreck erholt hatte, flüsterte: »Einmal noch, Wolfgang!«, und schloss die Augen.
Als die beiden aus der Dunkelheit ins Licht der Empore traten, begrüßte sie Johann Stein, der verwundert auf

Wolfgangs Perücke zeigte, die sich verschoben hatte und von der zausige und schmutzige Haarflocken abstanden. Wolfgang zuckte mit den Schultern.
»Man sollte den Baumeister für seine Idee einmauern, den Organisten durch das engste Loch dieser Kirche kriechen zu lassen. Es muss eine Zeit ohne Perücken gewesen sein.«

Erläuterung

Als Wolfgang Amadé Mozart im Herbst 1777 in Augsburg weilte, bespielte er am 16. Oktober auch die von Johann Stein umgebaute und gewartete Fugger-Orgel (1580 gestiftet) in der Kathedrale St. Ulrich und Afra. Er war empört über den engen und unvorteilhaften Aufstieg und schrieb darüber an den Vater: »Die Stiege ist was Abscheuliches.«
Ihn begleiteten dabei Johann Stein, seine Cousine Maria Anna Thekla Mozart und Pater Aemilius Angermayr, mit dem sie anschließend einen »Musikabend« verbrachten. Mozart stellte dem Pater ein vernichtendes Zeugnis aus. Er hielt ihn für einen »hoffärtigen Esel und einen einfältigen Witzling.«

Die Wehmutter

Warum waren Frauen nur so unchristlich abergläubisch?

Und warum mussten Männer ihnen alles nachbeten?

Den Kapuziner fror es an den nackten Füßen. Der Herbst war ungewöhnlich kalt und hatte frühen Frost mitgebracht. Die Blätter waren über Nacht schwarz geworden und abgestorben. Natürlich war auch das eine Folge der alten Gerberin, die weiter ihr Unwesen trieb und angeblich als Teufelsviech durch die Stadt streifte.

Der Kapuziner Köpplin rieb sich abwechselnd den Rist seiner Füße an den Waden, damit die Kälte nicht derart gewalttätig stach. Er stand im Schatten des Rathauses, so dicht an die Wand gedrückt, dass man ihn hätte riechen müssen, um ihn zu entdecken.

Seine Mutter hatte ihm erzählt, er sei selbst von der alten Gerberin mit einer Nottaufe versehen worden. Ganz blau sei er gewesen, nachdem er aus ihrem Leib geschlüpft sei, und habe anfänglich gar nicht geatmet, bis die alte Gerberin ihn einmal durch die Luft gewirbelt habe. Dann erst sei die blaue Farbe verflogen, aber geschrien habe er deshalb noch lange nicht. Da habe sie die Nottaufe vorgenommen und sofort nach dem Herrn Pfarrer schicken lassen. Seine Mutter habe unvorsichtigerweise sein Leben dem Herrn versprochen – und da habe er tatsächlich zu krakelen begonnen.

So ging es zu in der Welt. Wenn ihn die alte Gerberin dem Teufel geweiht hätte, wie sie es bei Nottaufen gehalten haben sollte, wie überall gemunkelt wurde, dann wäre er vermutlich nicht bei den Kapuzinern gelandet, sondern bei den Raubbrüdern über dem Lech drüben im Bayerischen.

Die Perlachuhr schlug zwölf herüber und der Nachtwächter begann mit seinem Lied für die Mitternacht. Jetzt war es Zeit. Der Mönch rieb sich nochmals die Finger warm, setzte sie an den Mund und ließ mit dem letzten Schlag der Glocke einen Pfiff erschallen, dass es ihm selbst kalt den Rücken hinunterlief.

Ganz in seiner Nähe schlossen sich die Läden. Die Zeit für die alte Gerberin war gekommen – und tatsächlich wehte vom anderen Ende der Stadt ein Heulen herüber wie eine Mahnung.

Köpplin rieb sich die Hände. Es klappte. Die alte Gerberin durchstreifte die Stadt. Wieder heulte es und die Stimme, die er hörte, ließ ihn zusammenfahren, obwohl er auf das, was kommen sollte, vorbereitet war. Sein großer Auftritt als Hexenjäger konnte beginnen. Wenn nur diese Nacht nicht so erbärmlich kalt gewesen wäre. Schuhe hätte er sich anziehen sollen, doch Schuhe wurden vom Prior nur für den Winter ausgegeben – und der ließ noch auf sich warten.

Die Idee war ihm gekommen, als der Benno auf ihn zugetreten war und ihm im Vertrauen erzählt hatte, erst letztens sei die alte Gerberin wieder in Gestalt eines gehörnten Hundes um sein Haus geschlichen. Er habe den Kopf zum Fenster hinausgestreckt und da sei er ihm so angeschwollen, dass er ihn nicht wieder habe zurückziehen können und elendiglich im Fensterloch festgesteckt habe. Gott sei Dank habe die alte Gerberin ihn nicht abgeschleckt und damit unfruchtbar gemacht, wie den Sepp und die Nandl, die beide dasselbe Erlebnis wie er gehabt hätten.

Noch jetzt musste Köpplin über beide Backen grinsen, wenn er an diese verdruckte und verlogene Geschichte dachte.

Den Kapuziner verwunderte es nämlich keineswegs, dass der Benno im Fenster festgesteckt hatte, er wunderte sich vielmehr darüber, wie der Benno seinen reichsstädtischen Schwollkopf zuvor überhaupt aus dem Fenster hinausgebracht hatte.

Damals war ein Plan in seinem Gehirn gereift, der selbst der alten Gerberhexe zur Ehre gereicht hätte. Das war jetzt drei Monate her. Während die abergläubischen Christen, Männer wie Frauen, sonntags in der Kirche ihre Sünden abbaten und bereuten, begann er zu arbeiten. Die alte Gerberin tat ihm Leid. Zu viel Schmutz war über sie ausgegossen worden, als dass ihr Ruf noch zu retten gewesen wäre. Also sollte sie ihm einen Gefallen tun. Der wäre sicherlich im Sinne der Alten gewesen, die bei all dem Hexenwerk, das man ihr angedichtet hatte, nur herzhaft hätte lachen können. Nur deshalb war sie dem Scheiterhaufen entgangen, weil sie zuvor gestorben war. Sterben war zu viel gesagt. Verrecken hatte man sie lassen in der Vorstadt. In einer der baufälligen und feuchten Hütten zwischen Pfaffenwinkel und Graben. Nachdem sie gestürzt war und sich die Knochen dabei zerschlagen hatte. Dabei hatte sie mit ihren geschickten Händen Hunderte von Kindern ins Licht gezogen. Die Hälfte der Frauen dieser Stadt verdankten ihr Hilfe und Beistand, und noch einmal so viele gesunde Kinder.
Wieder hob der Mönch seine Finger an den Mund und ließ seinen scharfen Pfiff ertönen, der weitere Läden krachend zufallen ließ. Tatsächlich antwortete ihm die Stimme eines Wesens, das Wolf ebenso zu sein schien wie Eule oder Fledermaus.
Der Platz vor dem Rathaus war mit einem seichten Bodennebel bedeckt, und in den hinaus trat ein Wesen, das furchteinflößend aussah. Selbst dem Kapuziner gefror das Blut in den Adern bei seinem Anblick. Das Böse glitt auf ihn zu, als würden sie sich kennen. Unwillkürlich sträubten sich die Haare des Kapuzinermönchs. Rasch warf Köpplin einen Seitenblick zum Brotmarkt hinüber, ob es nicht zu früh war für sein Spiel, doch in der Gasse leuchtete ihm bereits die Laterne des Nachtwächters entgegen.
Jetzt trat er aus dem Schatten der Rathausmauer, hob die Arme und beschwor den Geist, der die Platzmitte

erreicht hatte: »Halt ein, Gerberin! In Gottes Namen, halt ein!«
Der Kapuziner Köpplin fühlte förmlich, wie der Schritt des Nachtwächters einfror. Sofort dunkelte der die Laterne ab, um besser sehen zu können, doch da rief Köpplin erneut: »Im Namen unseres allseits gepriesenen Herrn befehle ich dir, dein schändliches Tun sofort zu lassen, du unruhiger Teufel.«
Köpplin bewegte dabei sein Handgelenk und das Wesen, das sofort innegehalten hatte, begann sich zu drehen und versuchte auf zwei Beinen zu stehen, was ihm misslang. Es wirkte, als würde es gegen eine unsichtbare Barriere rennen. Als der Kapuziner beide Arme hob, setzte sich das Wesen und heulte in die Nacht hinaus, dass es Gott erbarmte.
Mit halbem Auge erkannte der Kapuziner, dass eintrat, was er vorhergesehen hatte. Der Nachtwächter stand wie versteinert und starrte auf die Szene, die sich ihm bot.
Auf dem hell erleuchteten Rathausplatz, dessen Boden knöcheltief im Nebel lag, wallte ein Kampf zwischen einem Kapuziner und einem Wesen mit drei Hörnern und einem laut auf das Pflaster peitschenden Schwanz. Immer wieder erhob sich die Gestalt zu voller Größe, wenn der Mönch die Arme senkte, und blieb stehen, wenn er sie wieder gen Himmel streckte und mit laut schallender Stimme Gott den Herrn beschwor. Verzweifelt heulte das Wesen gegen die göttliche Kraft an, die der Kapuziner verkörperte. Der flehte unter lautem Beten den Beistand Gottes an und bannte den Dämon damit.
»Ich, Köpplin, von der Bruderschaft der Kapuziner, befehle dir im Namen des dreieinigen Gottes, verlasse diese Stadt und versündige dich nicht weiter an ihren Bürgern!«
Mittlerweile hatten sich einzelne Fensterläden spaltweit geöffnet, und Neugierige warfen verstohlene Blicke auf den Platz, der vom Mond beleuchtet wurde wie

das Rund eines Amphietheaters. Als Köpplin genug von dem Schauspiel hatte und es an der Glaubwürdigkeit der Szene nichts mehr zu deuten gab, befahl er dem Geist der alten Gerberin, ihm zu folgen.
»Ich werde dich in der Wertach ertränken, Wichtin«, verkündete er lauthals. »Folge mir nur, Dämon!«
Tatsächlich kauerte sich das Wesen auf den Boden. Es winselte vor Angst über die christlichen Flüche, mit denen der Kapuziner es belegte. Dann plötzlich schnellte es auf und Köpplin trieb es mit drohenden Gesten vor sich her. Hin und wieder drehte die Wichtin sich nach ihm um, als wolle sie die Möglichkeit einer Flucht oder eine Schwäche in der Beschwörung des Mönchs ausnützen. Doch sobald der dreigehörnte Dämon sich zu ihm umwandte, riss Köpplin die Arme hoch. Mit schriller Stimme, die in den Gassenschluchten widerhallte, befahl er dem Dämon, er solle seinen Weg fortsetzen und seiner Sünden wegen auf diesem Gang büßen.
Mittlerweile war der Mönch nicht mehr allein. An jedem Haus, das er hinter sich ließ, öffneten sich die Türen und Männer wie Frauen traten heraus, um die Austreibung der Wehmutter mit eigenen Augen zu erleben. Der Gehörnte schlich vor dem Kapuziner her, der nicht vergaß, hin und wieder seinen eigenen Namen zu erwähnen.
»Ich, Köpplin, von der Bruderschaft der Kapuziner, befehle dir ... Ich, Köpplin, verfluche dich im Namen des Herrn ... Ich, Köpplin, sage dir ...«
Sogar das Wertachbrucker Tor, das in seinem Plan die einzige Schwachstelle gewesen war, denn nachts wurde es immer noch geschlossen, schwang wie von Zauberhand auf, als er vom Katzenstadel herunter darauf zuschritt.
»Ich, Köpplin, beschwöre dich ...«, schrie der Mönch, je näher sie dem Tor kamen, »... im Namen des dreieinigen Gottes ... um unser aller Heil willen ...« und was der Formeln noch waren. Zwischendurch ließ das Wesen seine schauerliche Stimme hören und begehrte gegen die Men-

schen und den Zwang des Kapuziners auf, doch dieser hielt den Geist der alten Gerberin in einem unerbittlichen Würgegriff.
»Hinab zur Wertach, Dämon«, hallten die letzten Worte Köpplins im Torbau nach, dann verließ er die Stadt zusammen mit dem gehörnten Wesen und ließ seine Zuschauer hinter sich, die keinen Schritt aus der sicheren Ummauerung heraus wagten. Erst als er außerhalb der Sichtweite der Mauern war, senkte Köpplin seine Arme und rieb sich die schmerzenden Muskeln. Ein kurzer Pfiff ertönte. Das Wesen sprang auf ihn zu und schlug freundlich mit seinem Schwanz.
Köpplin band dem Hund die Hörner ab, zog den überlangen Schwanz mit der Holzspitze ab und knöpfte ihm die Flügel vom Rücken. All das tat er unter lautem Fluchen, gräßlichem Schreien und wildem Heulen, in das der Hund mit einstimmte. Die Utensilien trug er endlich bis zur Wertachbrücke, warf sie im hohen Bogen in den Fluss und schrie aus Leibeskräften in Richtung der Stadt hinauf:
»Verschwinde Gerberin, Wehmutter, Dämon, aus dieser Stadt. Lass ihre Seele fahren, Teufel. Im Namen des Vaters und des Sohnes und des Heiligen Geistes, Amen!«
Er sah auf seine bloßen Füße und war sich sicher, dass er künftig nur noch im weichsten Leder einherschreiten würde. Dann tätschelte er den Hund neben sich, dessen Dressur sich ausgezahlt hatte, und lachte und lachte.

Erläuterung

Gegen Ende des 18. Jahrhunderts soll eine Hebamme, eine so genannte Wehmutter, Kindern die Nottaufe im Namen des Teufels erteilt haben. Nachdem sie gestorben war, trieb sie weiter als Tierdämon ihr Unwesen in der Stadt. Jedem, der seinen Kopf aus dem Fenster steckte, während sie vorüberging, dem schwoll der Schädel. Erst dem Kapuziner Köpplin soll es gelungen sein, den Dämon in die Wertach zu bannen.

Ihr Kinderlein kommet

Der Domherr Christoph von Schmid summte eine Melodie vor sich hin, deren erste Takte ihm sein Freund Anton Höfer aus Thannhausen geschickt hatte, und versuchte sich darauf einen Reim zu machen. Doch ihm fiel keine Liedzeile ein, die sich geeignet zeigte.

Es schneite in dichten Flocken. Ein Rauschen lag in der Luft wie das Knistern von Seide. Christoph von Schmid hielt sein Gesicht in die weiße Pracht und lachte.

Von der Karmelitengasse aus schlenderte er zum Frauentor und stieß das klebrige Weiß in hohem Bogen von den Schuhen. Er wollte hinunter zum Dom, die Krippe umstellen und Figuren auswechseln. Der Verkündigungsengel musste abgebaut werden und die Hirten sollten sich an der Krippe versammeln.

Als er den Torbogen durchschritt, empfing ihn ein Toben und Schreien, das sich in einem infernalischen Hall zwischen den hohen Mauern brach. Vor dem Löwentor des Doms jagte eine wilde Schar auf und ab, Schnee stob auf, Mädchen kreischten und Schneebälle flogen hin und her. Der Dichter zählte gut vierzehn Kinder aller Altersgruppen, die mit fröhlichem Gekreische und Gejohle ihr Spiel trieben. Er verhielt den Schritt, schloss kurz die Augen und horchte hinter dem Lärm her, der eigentlich kein Lärm war, so viel Leben und Freude lag in ihm. Kinderlachen gehörte wie das Rauschen des Wassers zu den wenigen Geräuschen, die ihn niemals störten. Im Gegenteil, wenn es allzu ruhig wurde, vermisste er etwas. Christoph von Schmid kratzte sich am Hals unter seinem hohen Kragenschal, der das Kinn beinahe ganz verdeckte und nur den Mund freiließ, so dass das Gesicht wie gerahmt wirkte. Kinder waren ihm als Domherr verwehrt geblieben, was er manchmal bedauerte.

»Die Pflicht ruft«, mahnte er sich und wollte seinen Weg fortsetzen, als ihn ein Schneeball an der Schulter traf und ein zweiter ihm den Hut vom Kopf fegte. Christoph von Schmid stemmte die Hände in die Hüften: »Da soll doch der Donner dreinschlagen!«, herrschte er die Kinder an. Sofort trat Stille ein, alle Kinder starrten erschrocken auf den gesetzten Herrn ganz in Schwarz.
»Grüß Gott, Herr von Schmid«, rief ihm die kleine Thea zu und winkte verhalten.
Da bückte sich der Domherr, ballte Schnee in seiner Hand und warf zurück. Ein Kreischen durchbrach den Frieden und bald war die Luft von großen und kleinen Geschossen erfüllt. Einige der jüngsten Kinder schlugen sich auf die Seite des Domherrn, während die größeren ihn unbarmherzig aufs Korn nahmen. Kreischen und Lachen mischten sich mit freudigem Johlen, wenn sie trafen.
Endlich kapitulierte der Domherr lachend, hielt die Arme schützend über den Kopf und flüchtete durchs Löwentor ins sichere Gotteshaus. Der fröhliche Lärm begleitete ihn und letzte Schneebälle knallten erfolglos gegen das schwere Eichenholztor. Im Zwischenraum zwischen den beiden Toren schlug er sich den Schneestaub aus der Kleidung. Diese Bande, dachte er sich und lachte in sich hinein. Solche Freude müsste man zu Papier bringen können. Er seufzte, weil er wusste, dass es unmöglich war. Still wurde es im Hauptschiff des Doms, als die zweite Tür hinter ihm zufiel. Ob es Gottes Wille war, das Leben aus seinem Haus auszuschließen, fragte er sich kurz, bevor er in Richtung der Sakristei ausschritt?
Plötzlich war die Melodie wieder da und drängte sich mit Gewalt in seinen Kopf. Ihm war, als legte ihm die Freude über die Schneeballschlacht den Funken eines Gedankens in die Hand, der ihm eine Liedzeile zu Höfers Melodie zutragen sollte. Doch er erlosch zu schnell.

Nein, beschied er für sich. Gott lag etwas am Leben, also musste sein Werk mit Leben erfüllt werden. Trotzig drehte er sich um, öffnete das Innentor und stellte den Flügel fest. Dasselbe unternahm er mit dem Außenflügel. Jetzt drang das fröhliche Gejohle der Kinderschar in den Kirchenraum und brach sich an den Wänden. Ein wenig Leben in der Totenruhe der Kirche schadete nicht.

»So ein Geschrei!«, keifte es ihm entgegen, als er sich wieder dem Kircheninneren zuwandte und zur Krippe hinüber wollte. Drei Frauen knieten vor dem Marienaltar Holbeins. Kopfschüttelnd erhoben sie sich und starrten auf das geöffnete Tor. Krähen in ihrem Altweiberschwarz. Mit denselben hackenden Bewegungen versperrten sie ihm den Weg und stießen auf ihn ein. »So tun Sie doch etwas, Hochwürden«, befahl ihm eine der Frauen, deren spitzes Gesicht ihn schmerzte. Wie weggeblasen war die Melodie, und die Liedzeile, deren erster klarer Gedanke sich gerade im Kopf hatte formen wollen, war wie zerhackt.

Christoph von Schmid setzte sein freundlichstes Gesicht auf und wandte sich ganz den Damen zu, die ihm wie eine Karikatur der drei homerischen Göttinnen erschienen, die Paris geprüft hatten.

»Was stört Sie denn, meine Damen?«

»Ja hören Sie denn nicht, Hochwürden? Dieses unsägliche Geschrei! Im Haus unseres Herrn. Man sollte den Gören die Ohren lang ziehen.«

Als hätte die Melodie irgendwo im Hinterkopf darauf gewartet, im rechten Augenblick hervorzukriechen, füllte sie wieder sein Ohr.

Sein Blick fiel auf die Krippe, deren Figuren er heute noch verändern musste. Den Schäfern war gerade vom Engel die Geburt des Herrn verkündet worden. Und ihm fiel ein, dass im Heiligen Land vor allem Kinder die Aufgabe des Schafehütens übernommen hatten, weil es eine Wanderschäferei, wie sie hier zu Lande üblich war, dort nicht gab.

»Man sollte etwas ändern«, sagte er zu sich selbst und achtete nicht auf das Nicken der drei Krähenheiligen. Energisch schritt der Domherr aus, trat unter das Löwentor und ließ einen Pfiff ertönen, der in das Spiel der Kinder schnitt und für Ruhe sorgte.
»Kommt her, Kinder. Wir schauen uns die Krippe an.«
Mädchen und Jungen tobten auf ihn zu und umringten ihn.
Die kleine Thea suchte die Hand des Domherrn und als dieser sie fest drückte, sah sie erwartungsvoll zu ihm auf.
»Sehen wir jetzt ein Wunder?«, fragte sie in aller Unschuld.
Christoph von Schmid musste herzhaft lachen.
»Zuerst ausstauben!«, rief er in die Gruppe. »Und jetzt mir nach.«
Ein Schlagen und Klopfen folgte, dann setzte sich die Gruppe schwatzend und lachend und kichernd in Bewegung.
Die Schnäbel der drei Krähenweiber standen sperrangelweit auf, als Hochwürden mit der plappernden Kinderschar an ihnen vorüberzog.
»Lasset die Kinder zu mir kommen, sagt der Herr in seiner Schrift«, verkündete er ihnen schroff. »Von missgünstigen alten Weibern steht nichts in der Bibel!«
Da war sie wieder, die Melodie seines Thannhauser Freundes Höfer. Mit ihr drängte sich die erste Verszeile in seinen Kopf. Er summte sie vor sich hin.
»Was singst du da?«, fragte ihn die kleine Thea und zog an seinem Arm.
Christoph von Schmid sah zu dem Mädchen hinunter. Dann bückte er sich, nahm die Kleine auf den Arm, damit sie die Krippe von oben betrachten konnte.
»Ein kleines Wunder ist geschehen«, flüsterte er ihr zu und sang: »Ihr Kinderlein kommet, ach, kommet doch all, zur Krippe her kommet, in Bethlehems Stall ...«

Erläuterung

Christoph von Schmid wohnte in der Karmelitengasse im »Augsburger Pfaffenwinkel«, wo noch heute eine Gedenktafel an ihn und sein Schaffen erinnert.

Zu Beginn des 19. Jahrhunderts textete der Augsburger Domherr und Kinderbuchautor Christoph von Schmid das Weihnachtslied »Ihr Kinderlein kommet« zu einer Melodie von Anton Höfer, mit dem ihn eine lebenslange Freundschaft verband.

Von Augsburg aus trat das Lied seinen Siegeszug durch die Welt an. Es gehört bis heute zu den beliebtesten deutschen Weihnachtsliedern.

Vom Geist im Goldenen Theater

Kies knirschte rhythmisch unter den Rädern des Stuhls.

»Der Herr Hofrat hat mir schon gesagt, dass Sie so ein Stummer sind, Herr Oberleutnant Theisse«, plapperte Marie. Sie drückte seinen Stuhl mit kurzen Stoßseufzern über den feinen Schotter. »Er hat mich auch gebeten, Ihnen in den buntesten Farben zu beschreiben, was ich sehe. Auch wenn Sie es nicht wollen.«

Marie hatte eine unbeschwerte Art, mit ihm zu plaudern. Sie redete ohne Unterlass und brauchte gar keine Antwort von ihm, sondern genügte sich selbst. Das war ihm höchst angenehm.

Oberleutnant Theisse roch die feuchte Luft eines Gartens. Er spürte, wie ihm die Sonne auf die Haut brannte. Er hörte das Schnaufen der Anstrengung, die es seiner Pflegerin bereitete, ihn zu schieben. Er roch, spürte, hörte, ohne dass etwas davon tiefer in ihn eindrang.

Seit die Granate seinen Unterstand verschüttet, seit sie vier seiner Kameraden erstickt, seit sie ihm auferlegt hatte, bis zur Erschöpfung um das eigene Leben zu graben, seither waren die Empfindungen wie ertaubt. Als wären all seine Sinne nutzlos geworden.

Selbst das Bein hatte ihm der Krieg genommen. Amputiert kurz unterhalb des Knies, was ein Glück war, nach Meinung der Ärzte.

Mit vier Kameraden war er in den Unterstand gekrochen, nachdem es begonnen hatte, Geschosse zu regnen. Er hatte sie regelrecht hineingetrieben. Draußen im Graben hätte keiner von ihnen überlebt, drinnen überlebte nur er. Da war das Bein eine geringe Abbitte für die Toten.

Nicht genug damit, hatte ihm die Granate auch eine

Dunkelheit über die Augen geworfen. Auch wenn die Ärzte sagten, sie könnten keine organischen Störungen feststellen, hatte er die Finsternis aus dem verschütteten Unterstand mit ins Leben hinaus genommen.
»Ich schiebe Sie jetzt in den Saal, Herr Oberleutnant. Dann werde ich Sie kurz allein lassen. Ich muss«, Marie kicherte ein Mädchenlachen, »schnell für kleine Damen. Sie verzeihen doch.«
Er würde warten. Warten, das war er gewohnt. Er hatte in diesem Sommer 1916 auf den Tod gewartet. Er hatte auf die Sanitäter gewartet, die ihn aus dem Loch ziehen sollten, das er sich ergraben hatte. Gewartet hatte er auf die Amputation und auf die Genesung. Gewartet auf den Rückgang der Entzündung und auf den Krankentransport. Gewartet auf die Heilung und auf die Prothese. Da spielte das Warten auf die Rückkehr Maries keine große Rolle mehr. Warten – das konnte er.
Er lauschte in den Raum hinein, versuchte sich dessen Größe, dessen Beschaffenheit vorzustellen, was ihm nur schwer gelang. Er versuchte die Luftbewegungen zu erspüren und daraus auf die Räumlichkeit zu schließen, womit er ebenfalls scheiterte. Er war so konzentriert auf den Saal, dass ihn unvermittelt das Gefühl beschlich, nicht mehr allein zu sein. Es war eine dieser urplötzlichen Gewissheiten, die einen überfallen, die keine Zweifel zulassen.
Er drehte den Kopf, doch sein Gehör fing kein Atmen, keine Schritte, kein Scharren oder Knirschen ein, wie es das Gehen verursacht.
Er klopfte auf die mit Leder bezogene Armlehne seines Räderstuhls – und vom anderen Ende des Saals antwortete das Klopfen wie ein Echo, mit einem schweren, metallischen Ton darin, dessen satten Klang nur hören konnte, wer seine Sinne aufs Äußerste anspannte. Er klopfte erneut, diesmal etwas rhythmischer und komplizierter, doch die Antwort kam postwendend. Es schallte so rhythmisch und kompliziert zurück, wie er es vorge-

geben hatte. Aber diesmal trug der Widerhall etwas Gläsernes in sich, etwas Leichtes und Klirrendes. Der Raum spielte mit ihm. Ein drittes Mal versuchte er es, diesmal mit einem Schnalzen der Zunge – und wieder schnalzte es zu ihm zurück. Es war ein eigenartiger Klang, metallisch und gläsern schön, als säße er, Oberleutnant Theisse, in eine Flasche gesperrt und lauschte darin der Welt.

»Marie?«, rief er in den Raum hinein und das Wort verschwebte im hohen Raumgewebe. »Marie, sind Sie zurück?«

Keine Antwort kam, nur ein Rascheln, das den blinden Blick auf die Mitte des Raumes lenkte, als stünde dort jemand.

Da begann eine Stimme zu singen, eine Frauenstimme, die so hell und klar war, dass es ihn bereits beim ersten Ton fröstelte. Ihre Intonation war weich und dennoch kräftig, dabei sanft wie ein Abendhauch und klingend wie das erste Leuchten der Sterne.

Eine Decke voll warmen Klangs legte sie über seine Beine und um seine Schultern, hüllte ihn ein in den schützenden Kokon der Verzauberung, so dass es eine ganze Zeit dauerte, bis er sich auf das konzentrieren konnte, was sie sang.

Die Sängerin sprach mit einem Schatten von Traurigkeit von der Sonne und vom Verlust der Wärme durch die fallende Nacht. Sie erzählte von den blauen Flügeln des Mondes, die den Menschen durch die Dunkelheit bis zum Morgen tragen. Sie sang vom Anbruch des Tages und dem Geheimnis des Lichts, das vom Prisma der Sehnsucht in seine Einzelteile zerlegt werde, um das neugierige Auge an der Schönheit der Empfindung teilhaben zu lassen.

Die Stimme schwebte im Raum und wie eine sanfte Hand legte sie sich auf seine Augen, so dass sie ihm für einen kurzen Moment das Gefühl vermittelte, ganz in die besungene Nacht zu versinken. Doch dann schwebten die Wörter heran, trugen ihn durch die Dunkelheit und ihm

war, als würde die Melodie, die wie ein beständiges Meeresrauschen in Wellen an ihn anbrandete, all das Pfeifen und Jaulen, das Krachen und Wimmern, all das Schreien und Heulen seiner schwarzen Erinnerung auswaschen und etwas Unverfälschtes, Reines dafür zurücklassen.
Sehnsucht packte ihn. Die Sehnsucht danach, das Geschöpf, das in der Lage war, eine solche Wirkung der Musik hervorzurufen, in Person zu sehen. Sein blinder Blick suchte den Raum ab, aber der Klang der Stimme schien von überallher zu kommen, sich im Raum zu brechen und darin zu verstärken, als sei er und nur er der Mittelpunkt.
»Marie!«, flüsterte er und verwünschte sich, das Mädchen gehen gelassen zu haben. Sie hätte ihm die Person dort beschreiben können. Hätte Marie nicht längst zurück sein müssen? »Marie!«, zischte er hinein in eine Pause, deren Stille im Rund des Raumes widerklang.
Da klang das Lied in einem Summen aus und mit der letzten Strophe erreichte es das Ende der Nacht.
Oberleutnant Theisse gingen die Sätze vom Verlust der Sonne und von den Schwingen des Mondes nicht mehr aus dem Kopf und er wünschte sich, die Frau, wenn es denn eine solche war und kein Engel, würde vor seinen Augen stehen.
Er riss die Lider auf und aus den Winkeln der Augen sickerte eine Flüssigkeit, die sich vollgesogen hatte mit dem Klang dieser Engelsstimme. Sie nässte ihm den Blick und begann ihn zu reinigen. Die erinnerte Musik zeigte ihm wieder das Licht. Und er schaute und schaute – und was er sah, war ein Wunder.
Der Oberleutnant glaubte sich versetzt in den Vorhof des Paradieses. So vielfarbig floss Helligkeit hinter die Iris. Im Licht schimmerten Blumenornamente und ein lindgrüner Innenraum schälte sich aus dem Dunkel. Buntfarbene Fensterglassonne fleckte auf Tischen und Stühlen. Eine ganze Symphonie von Farben schwoll auf und verstörte sein Sehen, das über Jahre hin nur das eintönige

Grau und Braun des Grabens gekannt hatte und allenfalls das Rot des Blutes. Überall blitzte Gold auf, das Gold des Beispiellosen, das bereits die Stimme getragen hatte.
Über all dem Farbrausch, der über ihn hereinbrach, hatte der Oberleutnant nicht bemerkt, wie die Stimme, wie das Summen ganz verstummt, wie die Sängerin verschwunden war.
Dafür klackte ein harter Schritt auf dem Steinfußboden und teilte ihm mit, dass Marie zurückkehrte.
»Ich hoffe, Sie haben sich nicht gelangweilt, Herr Oberleutnant«, rief sie fröhlich. »Ich habe ein wenig Zeit gebraucht.« Sie kicherte verlegen, doch dann unterbrach sie sich abrupt und legte die letzten Meter in einem raschen Stakkato zurück. »Ist etwas Herr Oberleutnant Theisse? Sie sehen so … so verstört aus.«
»Wo ist die Sängerin?«
Marie sah sich um. In ihrem Gesicht lag eine Überraschung, die ihn beinahe fröhlich machte, weil er sie sah.
»Hier ist keine Sängerin. Heute ist keine Vorstellung. Ich wollte Ihnen nur den Innenraum des Kurhauses im Park mit seinem kleinen Liebhabertheater zeigen und Ihnen beschreiben, was ich sehe.«
Oberleutnant Theisse hatte zu viel erlebt, als dass ihn die Antwort überrascht hätte. Dennoch dauerte es eine geraume Weile, bis er antworten konnte.
»Sie brauchen mir nichts mehr zu beschreiben, Marie. Ich sehe sehr wohl, wie schön Sie sind!«, sagte er.
»Jetzt machen Sie mich aber verlegen, Herr Oberleutnant«, antwortete sie kokett.
Der Raum hatte etwas in ihm zum Klingen gebracht, und dieser Ton hatte eine Kruste gelöst. Er fühlte, wie sie dabei war, ganz abzufallen. Unwillkürlich musste er lächeln.
»Sie lächeln ja, Herr Oberleutnant!«
»Ist das verboten, Marie?«
»Nein, natürlich nicht. Ich meine nur …«
»Wer ist sonst noch im Raum, Marie. In diesem … Theaterraum?«

»Wer sonst noch …? Niemand ist hier! Wir sind allein.«
»Merkwürdig. Ich hätte schwören können, es hat eine Frau gesungen.«
Marie lachte ein wenig gezwungen, weil es ihr offenbar unheimlich wurde. Sie senkte ihre Stimme.
»Der Raum singt, Herr Oberleutnant. Ich geh gern hierher, weil der Raum wie Musik ist. Wie Licht, das in einen fällt und einen ausleuchtet.«
Marie hatte Recht. Auch er verspürte dieses Gefühl, das er kaum beschreiben konnte. Als hätte man ihn erst jetzt ganz aus dem Unterstand in Flandern befreit und ihn aus dem schwarzen Erdloch gezogen, in dem er bis zu diesem Tag gesteckt hatte. Als würde das Licht dieses Raumes hinabfallen bis auf den Grund seiner Seele.
Und er hegte den Verdacht, als habe dieser alte Zausel etwas damit zu tun, der ihn in dieser Heilanstalt behandelte, dieser Hessing. Ja, der Raum, dieses Haus, hatte ihm die Augen geöffnet und ihn zurückgeholt.
»Aber … Herr Oberleutnant. Sie sagen, Sie könnten mich sehen. Aber dann sehen Sie ja!«
Jetzt musste er wirklich lachen. »Ich sehe Ihre Überraschung, Marie. Glauben Sie mir, ich bin selbst der, den es am meisten erstaunt.«
Maries Hand fuhr an ihre Lippen und ein kleiner, spitzer Schrei löste sich. Für einen Moment hatte Oberleutnant Theisse das Gefühl, als würde er diese Tonhöhe, als würde er diese Stimme kennen. Ein kräftiges, samtweiches Timbre, das ihn wie ein Mondflügel berührte.
»Setzen Sie sich neben mich, Marie, und beschreiben Sie mir, was Sie sehen. Ihren Augen traue ich im Augenblick mehr als den meinen.«

Erläuterung

Das Gögginger Kurhaus wurde von Hofrat Friedrich Hessing in Auftrag gegeben und 1886 vom Architekten Jean Keller entworfen und erbaut. Es wurde in Glas- und Gusseisenkonstruktion errichtet und war als Ergänzung für die »Orthopädische Heilanstalt« gedacht.

Hessing war sich sehr wohl bewusst, dass seine Patienten häufig unter schweren Traumata litten. Er konnte ihnen zwar ihre Gliedmaßen in Form von Prothesen zurückgeben und sie an ein normales Leben mit ihren Krücken gewöhnen, die verwundete Seele zu heilen, vermochte er nicht. Er wollte jedoch auch die psychische Regeneration seiner Patienten unterstützen und vorantreiben. Das Theater, seine ästhetische Sonderrolle und seine Funktion als Entspannungsraum, sollten ihm dabei helfen.

Vielen hat er geholfen – wie jenem Oberleutnant, der 1916 in einem Brief an seine Eltern berichtet, wie er bei einem Besuch des Goldenen Kurhaustheaters von seiner psychischen Blindheit genas.

Das Gedächtnis der Hände

Friedrich Hessing fuhr sich mit der Hand übers Gesicht. Die Müdigkeit ließ sich mit den vom Waschen eisigen Händen zwar nicht vertreiben, aber der kurze Moment, in dem er die Augen schließen konnte, gab ihm etwas von der Kraft zurück, die ihm dieser Tag genommen hatte.

Die Patienten wollten heute kein Ende nehmen. Und eine Diagnose war schlimmer als die nächste. Wenn er den Menschen doch nur mehr Hoffnung geben und ihnen ein wenig Lächeln schenken könnte.

Er öffnete die Doppeltür zum Behandlungsraum, zögerte kurz und überflog dabei das Blatt, das ihm Hermine an die Tür geheftet hatte. Eine junge Russin erwartete ihn dahinter. Sie war seine letzte Patientin an diesem Tag. Margarete Kullmann hieß sie. Kein wirklich russischer Name, dachte Hessing noch, dann öffnete er energisch die Tür und trat ein.

Ein Geruch nach aseptischem Alkohol, Leder und Metall empfing ihn, der sich mit dem Duft einer Frau mischte. Margarete Kullmann, dachte Hessing und sog ihren Geruch ein, bevor er die Patientin sah.

Hermine, sein guter Geist, hatte die Frau vorbereitet. Sie stand hinter einem Sichtschirm. Entkleidet bis auf das Mieder. Und auch das war bereits hinten aufgeschnürt.

Hessing wusste um diesen heikelsten Punkt seiner Untersuchungen. Die Frauen schämten sich, einem Mann so unter die Augen zu treten, aber es war unumgänglich. Er musste die Wirbelsäule berühren, musste die Knochen spüren. Kleidung verbarg die Krankheit. Er konnte nicht durch die Kleidung sehen, also musste die Kleidung runter. Die Frauen zögerten, versteckten sich hinter dem französischen Paravent, wollten am liebsten wieder gehen, wenn er den Raum betrat.

Hessing winkte die angebliche Russin energisch zu sich her, drehte sie mit dem Gesicht zum Fenster und besah sich die Haltung. Die Frau stand schief. Eine Wirbelverschiebung. Eine rachitische Anomalie. Eine Beckenfehlstellung. Alles konnte es sein.
»Stellen Sie sich so gerade hin, wie Sie können. Ich muss das Mieder ganz öffnen. Halten Sie es vorne fest. Ich werde jetzt Ihre Wirbelsäule abgreifen. Meine Hände sind kalt vom Waschen«, warnte er sie und fühlte sofort, wie sie unter seinem energischen Griff zusammenzuckte.
Seine Hände waren wie ein Gedächtnis. Sie erinnerten sich an all die Wirbelsäulen und Gliedmaßen, die Stümpfe und Knochenkrümmungen, die Buckel und Verwachsungen, die sie schon abgetastet hatten. Er brauchte nur eine Wirbelverschiebung zu erfühlen, und seine Finger sagten ihm, ob und woher er sie kannte.
Und die Verschiebung dieser Wirbel, diese besondere Krümmung erkannte er sofort. Die junge Frau hatte er bereits einmal unter seinen Händen gehabt, daran bestand kein Zweifel.
»Wären Sie so nett …?« Er drückte ihren Kopf leicht nach vorn, so dass sie einen Rundrücken bilden musste, ließ die Finger erneut über den Wirbelbogen streichen.
Ja. Er war sich sicher. Zweifelsfrei sicher.
»Sie haben früher einen Apparat getragen, stimmt's?«
Sie fuhr in die Höhe, stoppte jedoch abrupt, weil die Nerven, die zwischen den Wirbelkörpern eingeklemmt waren, bei schnellen Bewegungen einen stechenden Schmerz aussandten. Stechend. Ja, so hatte sie den Schmerz vor mittlerweile dreizehn Jahren beschrieben. Scharf und stechend.
»Was für einen Apparat?«
Friedrich Hessing legte den Kopf schief. Sie hatte ihn entweder nicht verstanden oder log überzeugend.
»Einen meiner Apparate. Zur Stützung des Rückenskeletts bei Deformationen durch rachitische Veränderungen.«

»Nein!« Die Antwort schoss so schnell aus ihrem Mund, dass er sofort wusste, die junge Frau spielte ihm eine Komödie vor.
Deformation, Rückenskelett, rachitisch – das waren Begriffe, die nicht allen Patienten geläufig waren. Jeder andere Mensch hätte nachgefragt und um eine Erklärung gebeten. Nicht aber jemand, der mit der Terminologie vertraut war, der wusste, wovon er sprach.
»Wie heißen Sie gleich wieder?«, setzte er nach.
Überrascht drehte sie sich zu ihm um und bedeckte unwillkürlich ihr Dekolletee mit der Hand, als sie sich zu ihm umdrehte.
Hofrat Hessing verschränkte die Arme vor der Brust und betrachtete jetzt nicht mehr die Patientin, sondern die Frau, die vor ihm stand. Sie mochte achtzehn sein, vielleicht zwanzig. Ihre dunklen, halblangen Haare fielen in sanften Wellen bis zu den Schultern und ihre Augenbrauen hatten einen hellblonden Farbton. Natürlich. Das war es, was ihn gestört hatte: Sie war damals nicht braun gewesen und war es auch jetzt nicht, sondern blond, dunkelblond.
»Margarete Kullmann!«, antwortete sie ihm.
»So, so«, sagte Hessing. »Könnten Sie mir den Namen noch einmal … mein Gehör …
»Mar…garete Ku…Kullmann!«, stotterte ihm die junge Frau vor.
Friedrich Hessing kratzte sich mit dem Zeigefinger der linken Hand den Bart.
Sie war ein äußerlich hübsches Wesen, allerdings mit einer doppelt tragischen Zukunft.
Zum einen war da die Rückenkrümmung. Sie würde zunehmen und sie beugen, das war sicher. Niemand würde ihr in zwanzig Jahren mehr in die Augen sehen können, weil diese zu Boden gerichtet wären. Andererseits störte ihn ihre Schwindelei, die sie zu einer unehrlichen Person formen musste, wenn er nicht eingriff. Beide Deformationen erforderten Stützapparate.

Blaue Augen. Helle Brauen. Blonde Flaumhärchen auf den Wangen. Er musste schmunzeln bei der Musterung der jungen Frau, die diese verlegen über sich ergehen ließ.

»Die Haare sind … wie soll ich es sagen … so nussfarben dunkel.« Er konnte ein Lächeln nicht verbergen. Warum nur hielt ihn alle Welt für debil? Nur weil er tagaus tagein darüber nachgrübelte, wie er amputierte Gliedmaßen ersetzen und schwache Skelette stützen konnte, war er selbst noch lange nicht am Verstand amputiert oder an seinen Gedanken krumm geworden.

Das Mädchen stand vor ihm und zitterte. Ihr Mieder klaffte am Rücken und das Korsett fand immer weniger Halt am Körper.

Nun, das musste sie jetzt aushalten. Er wollte es ihr nicht einfach machen.

»Was haben Sie an meiner Haarfarbe auszusetzen?«

Hessing schnupperte. Was er eben noch für den Duft einer Frau gehalten hatte, war nichts weiter als der Duft eines Naturfärbemittels gewesen.

»Nichts. Sie steht Ihnen, passt aber nicht so recht zu blauen Augen und blonden Brauen. Deshalb gehe ich davon aus, dass das Mädchen …, das vor nicht ganz dreizehn Jahren meinen Apparat ein halbes Jahr getragen hat, seine Haare hat färben lassen. Mit Nussbaumextrakt.« Bevor sie etwas darauf erwidern konnte, hob er die Hand und gebot Einhalt. »Ich kenne mich da aus. Mit dem Extrakt färbe ich die Hölzer meiner Prothesen – und ab und zu mein eigenes Haar. Der Eitelkeit wegen.«

»Aber Sie irren sich, Herr Hessing.«

Sie begann sich ein wenig zu beugen, sicher eine Eigenschaft, die ihr das bereits leicht verkrümmte Rückgrat aufzwang. Mit Fünfzig würde dieser weiße Rücken einen Buckel von der Größe eines Wanderrucksacks zu tragen haben.

»Zeigen Sie mir Ihre Hände. Schnell, jetzt kommen Sie schon. Strecken Sie die Finger aus.«

Sie streckte die Hände aus und gleichzeitig begann das Mieder weiter zu rutschen.
»Wie machen Sie das nur? Ihre Hände sind gar nicht verfärbt. Bei mir schauen die Finger immer aus, als hätte ich ein Jahr im Orient zugebracht.«
»Öl«, flüsterte sie. Sie legte rasch wieder einen Arm um ihre Brüste und versuchte das Mieder zu heben.
»Öl. Gut. Ich werde es nächstens mit Öl versuchen, Sonja!«
»Ich heiße nicht Sonja.«
Friedrich Hessing presste amüsiert die Lippen aufeinander.
»Seit wann das? Sie sind sieben Jahre alt gewesen. Und damals hießen Sie noch Sonja … Warten Sie, Sonja Wesselski. Das klingt russisch. Sehr russisch sogar. Sonja Wesselski.«
Die Frau vor ihm lief puterrot an. Am Hals und auf den Wangen leuchteten unregelmäßige rote Flecken. Zwar schüttelte sie noch den Kopf, doch sie war dabei, ihre Verteidigung aufzugeben. Ihre Augen schwammen in Tränen. Tränen der Wut und Tränen der Scham. Irgendwo dazwischen mochten auch Tränen der Verzweiflung zu finden sein.
»Ich erinnere mich gut«, fuhr Hessing fort. »Ihr Vormund hatte Sie damals hergebracht. Weil er befürchtete, Sie könnten einen Buckel davontragen von dieser Wirbelverschiebung. Kräftiges Essen, ein wenig frische Luft und mein Stützkorsett halfen – ein halbes Jahr lang. Ja, ein ganzes halbes Jahr. Dann hat der Vormund Sie abgeholt. Ich erinnere mich genau.«
Die Frau stand da, ein Häufchen Elend, das nur mühsam die Hülle ihrer spärlichen Bekleidung halten konnte. Ihre erschwindelte Identität blätterte wie im Herbst das Laub der Ahornbäume.
»Ich … bitte Sie … ich … was verstand ich schon? Ich war … sieben Jahre alt und noch ein Kind.«
»Sie waren mit einem gewaltigen Schrankkoffer hier an-

gereist. So schwer, dass zwei Männer ihn kaum bewegen konnten – und als Sie abreisten …« Hessing machte eine kleine Pause.
»… ließ mein Onkel ihn zurück. Ich habe es bedauert.«
»Oh. Er wollte ihn holen. Nach drei Tagen. Und dann auch bezahlen. Es war ein hübsches Sümmchen, das halbe Jahr Sanatorium und das Stützkorsett und die Behandlung. Als Pfand ließ er mir den vollen Koffer zurück. Ein wirklich schweres Ding. Man konnte ihn nicht vom Fleck bewegen. Ich sage es Ihnen. Also ließen wir ihn stehen, wo er war. Vierzehn Tage lang.«
Hessing hielt mit seiner Erzählung inne und die junge Frau nickte langsam.
»So war es. Woran haben Sie mich erkannt?«
»Ich? Ich habe Sie gar nicht erkannt, Sonja Wesselski.« Er zeigte ihr seine Hände, die von den Jahren der Arbeitsfron, den abertausend Stunden an den Schnitz- und Drehbänken ganz krumm waren und schrundig. Hessing streckte sie aus und drehte sie, als sähe er sie zum ersten Mal. Unter den Fingernägeln waren noch Reste von Nussbaumextrakt zu sehen. »Die hier haben Ihren Rücken erkannt. Sie sind wie ein Gedächtnis.«
»Was ist … mit dem Koffer geschehen?«
Hessing lächelte zuerst, dann lachte er. Lachte lauthals und schlug sich mit einer Hand auf den Schenkel.
»Sie haben es nicht gewusst? Sie haben es wirklich nicht gewusst?«
Die junge Frau schüttelte den Kopf. »Nein. Ich wusste nur, dass er zu schwer war, als dass wir ihn hätten mitnehmen …«
»Zu schwer?« Hessing schnappte nach Luft, und dann prustete es aus ihm heraus, so sehr amüsierte er sich. »Zu schwer? Er war nicht zu schwer. Als Ihr Onkel nach vierzehn Tagen nicht aufgetaucht ist, haben wir den Koffer nämlich geöffnet.«
Sonja zupfte ihr Mieder zurecht. Echte Neugier stand in ihren Augen. »Und dann? Was war in dem Ungetüm?«

»In diesem Ungetüm, Sonja? – Nichts! Luft! Leere! Kleidermäßiges Vakuum.« Er genoss die Verblüffung der jungen Frau.
»Aber … er war doch so schwer gewesen.«
Friedrich Hessing brauchte eine Weile, bis er reden konnte, so schüttelte ihn das Lachen.
»Er war nicht schwer, er war mit blanken Schrauben am Zimmerboden angeschraubt.«
Zuerst sah ihn die Russin entsetzt an, dann musste die junge Frau selbst lachen. »Angeschraubt …?«
»An-ge-schraubt!«, wiederholte Hessing langsam.
»Ich … ich wusste nicht … mein Vormund …«, stotterte sie. »Das ist ja … Betrug.«
»Ich glaube, so ähnlich habe ich das damals auch gesehen.«
Die junge Frau senkte den Blick. Dann ging sie wortlos auf den Wandschirm zu.
»Das war vor dreizehn Jahren. Keine Sorge, Sonja Wesselski. Bleiben Sie hier und drehen Sie sich wieder um.«
Die junge Russin sah den bärtigen Mann mit merkwürdig gläsernen Augen an.
»Ich habe Ihre Untersuchung noch nicht abgeschlossen.« Er stockte, tat einen raschen Schritt auf die Russin zu und dann fuhren Friedrich Hessings Hände den Rücken der Frau entlang. »Sie müssen etwas unternehmen, sonst hält Ihre Wirbelsäule das nicht aus. Es ist noch nicht zu spät. – Wir werden Ihnen ein neues Korsett anpassen. Er wäre zu schade, wenn dieser schöne Körper durch einen Buckel verunstaltet würde.«
»Aber ich kann nicht … das Geld …«
Friedrich Hessing fuhr mit seinen Händen über die deformierten Wirbel und dankte Gott dafür, dass er nur über ein bisschen Gicht in seinen Fingern zu klagen hatte. »Wir werden es glatt bekommen, Ihren Rücken und die Rechnung, Fräulein Wesselski.«

Erläuterung

Friedrich Hessing hat mit seinen orthopädischen Apparaten ein Vermögen verdient. Doch nicht immer ging es ihm um Geld oder Verdienst. Einen nicht unerheblichen Teil seiner Zeit verbrachte er damit, Bedürftigen zu helfen oder mit Aufträgen zu unterstützen.

Danksagung

Ohne die Mithilfe ganz besonderer Menschen wäre dieses Buch nie entstanden.
Ich möchte mich an dieser Stelle bei meiner Frau bedanken, die sich die Geschichten immer wieder durchgelesen hat und mir mit Anregungen und Kritik hilfreich zur Seite stand.
Danken möchte ich auch meinem Sohn Fabian, der mich mit seinen Anmerkungen auf den Boden des erzählerisch Möglichen zurückholte.
Danken möchte ich vor allem meinem Agenten, Roman Hocke, der mich mit Rat und Tat unterstützte und die Geburt dieses Buches einleitete.
Zuletzt möchte ich dem Archäologischen Museum Augsburg und hier insbesondere Herrn Manfred Hahn Dank sagen. Sie waren gegenüber meinen Recherchefragen immer offen und griffen mir mit ihrem fundierten Sachwissen hilfreich unter die Arme.

Augsburg-Abenteuer zum Mitraten: Die Rabenbande von Peter Dempf

»Eine spannende Zeitreise, bei der die Leser nebenbei viel über die Geschichte ihrer Heimat Augsburg erfahren.«
Augsburger Allgemeine

Max, Hassan und Jelena finden sich plötzlich auf dem Marktplatz von Augusta Vindelicum, dem römischen Augsburg, wieder. Eine turbulente Spurensuche nach dem Geheimnis des mysteriösen Denars beginnt. Gemeinsam machen sie sich auf, um das Rätsel zu lösen.

ISBN 978-3-89639-561-0 | 7,80 €

Auf eine harte Probe gestellt wird die Rabenbande in ihrem neuen Abenteuer. Diesmal führt sie der Rabe Lukullus in das Jahr 955: Die Schlacht auf dem Lechfeld steht bevor. Die drei geraten mitten in eine Verschwörung um Bischof Ulrich …

ISBN 978-3-89639-562-7 | 7,80 €

Zum Autor:
Peter Dempf schreibt seit vielen Jahren erfolgreich Romane, Erzählungen, Lyrik und Dramen, vor allem zu historischen Themen. –> **www.peter-dempf.de**

Wißner-Verlag GmbH & Co. KG | Im Tal 12 | 86179 Augsburg
Tel +49 821 25989-0 | Fax +49 821 25989-99
info@wissner.com | www.wissner.com

De Germania
Ciuitas Augustana olim Vindelica,

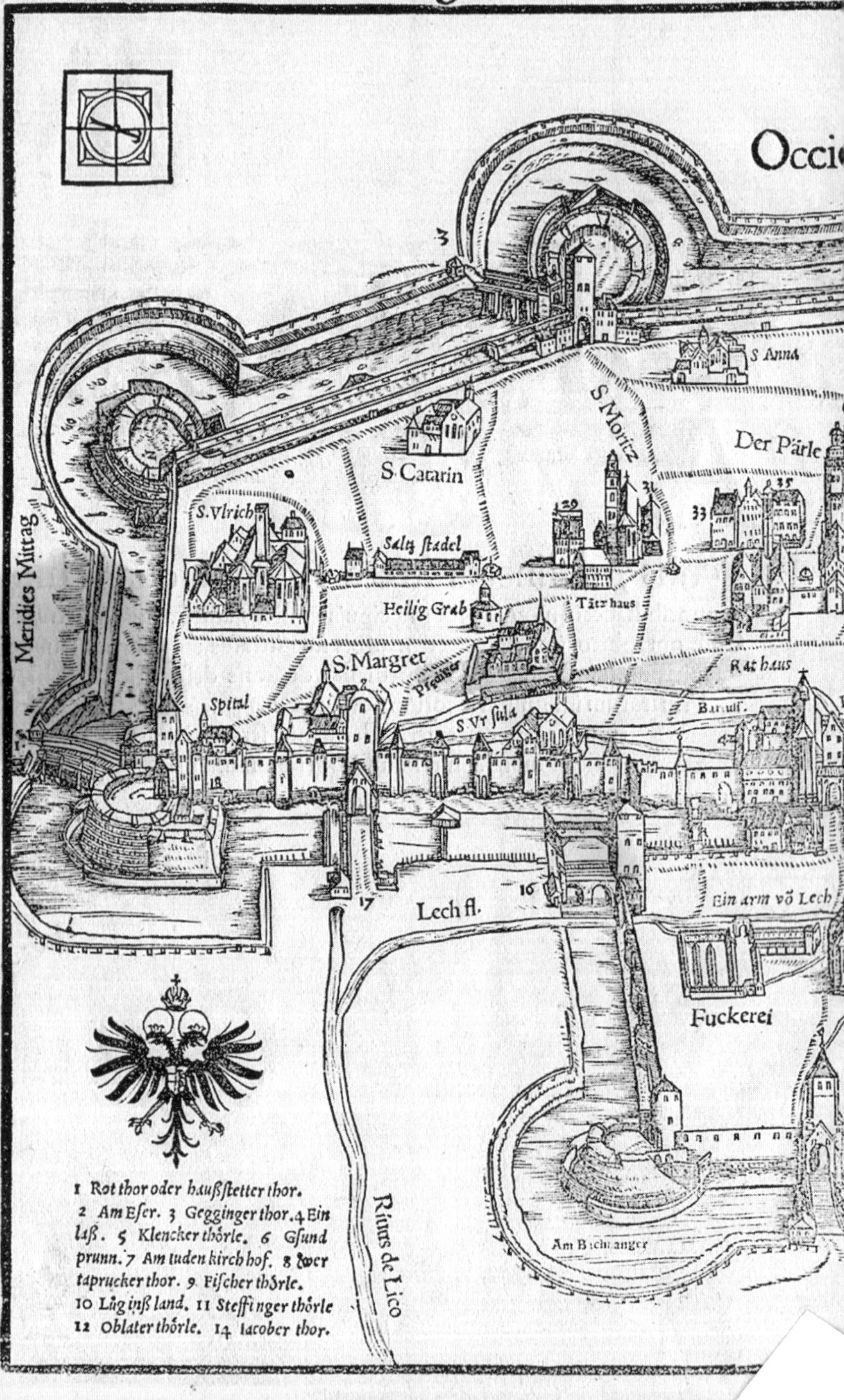